聖剣学院の
魔剣使い
Demon's Sword Master
of Excalibur School
[9]

Demon's Sword Master of Excalibur School 9

Author Yu Shimizu

Illustration Asagi Tosaka

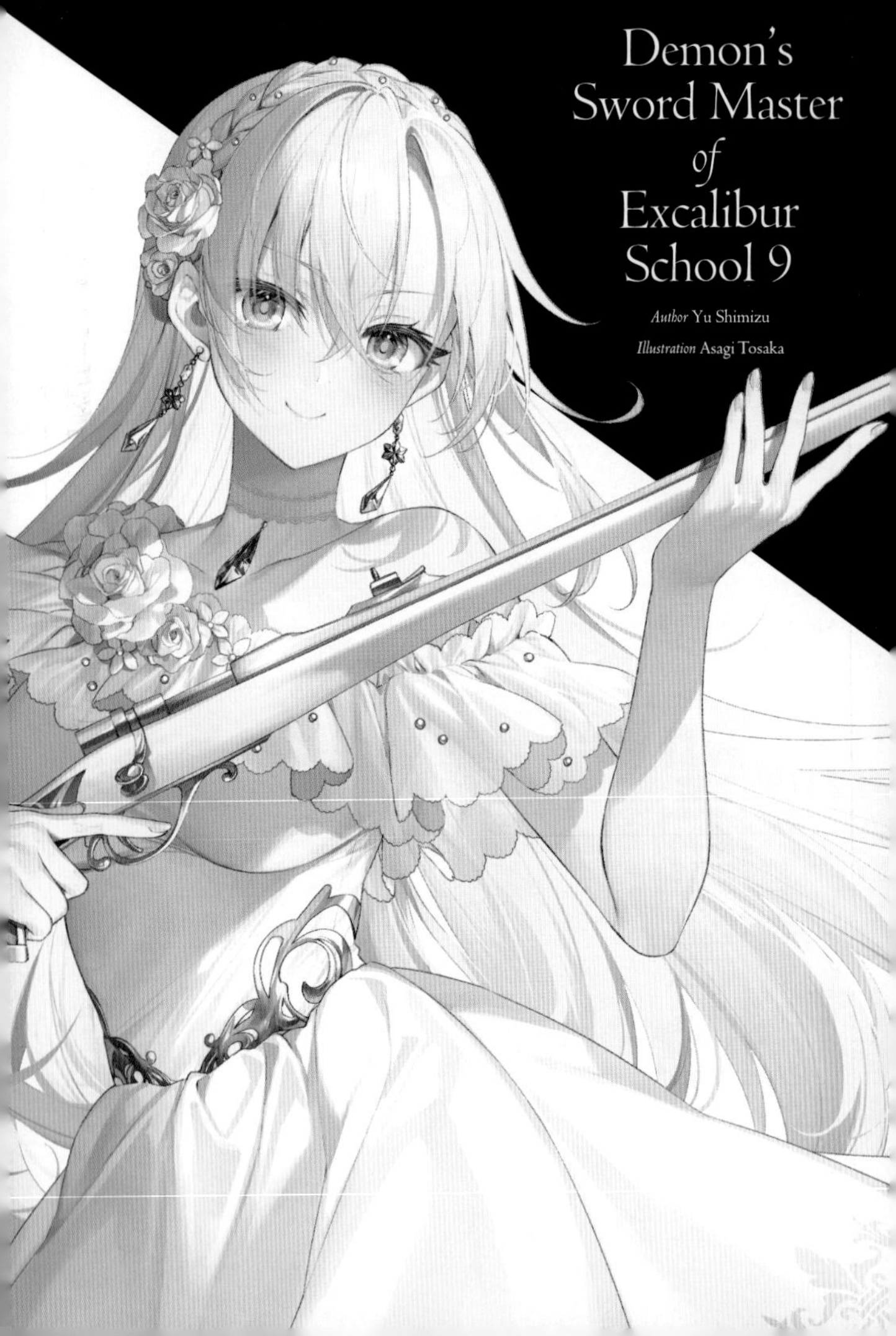

聖剣学院の魔剣使い 9

志瑞 祐

MF文庫J

Contents

Demon's Sword Master of Excalibur School

口絵・本文イラスト：遠坂あさぎ

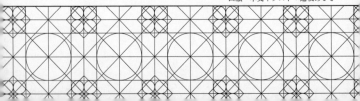

第一章　常闇《ダーク・ロード》の女王

Demon's Sword Master of Excalibur School

吹き荒れる爆風の中。

リーセリアを抱きかかえたレオニスは、静かに口を開いた。

「──お待たせしました、セリアさん」

「レオ、君……？」

レオニスの腕の中で、透き通った蒼氷《アイスブルー》の瞳がパチパチとまばたきを繰り返す。

リーセリアの身体《からだ》は決して重くはないが、やはり十歳の少年の腕では、バランスよく支えることは難しい。

「……っ！」

それでも、レオニスは歯を食いしばり、平然としてみせる。

せっかく颯爽《さっそう》と登場したのに、重そうにしていては、魔王の沽券《こけん》に関わる。

「……レオ君？　本物？」

──と、確かめるように。

リーセリアは、指先でレオニスの頬《ほお》にそっと触れる。

「本物ですよ。安心してください」

苦笑するように答えると、レオニスは地上に視線を向けた。

破壊の嵐が吹き荒れた、〈第〇八戦術都市《エイス・アサルト・ガーデン》〉の広場。

廃墟《はいきょ》となった、その広場の中央に、醜悪な化け物の姿がある。

蜘蛛《くも》のような形態をした、大型の〈ヴォイド〉だ。

（ふむ、〈統率体《ヴォイド・ロード》〉か？　さすがに頑丈だな――）

レオニスの〈爆裂咒弾《ファルガ》〉をまともに喰《く》らってなお、爆発四散していない。

もっとも、脚の半分はちぎれ飛び、躯《からだ》は半壊しているようだが。

リーセリアを抱きかかえたまま、レオニスはすーっと地上に降り立った。

「セリアさん、降ろしますね」

「う、うん……」

こくっと頷《うなず》く眷属《けんぞく》の少女を、そっと瓦礫《がれき》の上に横たえて――

気付く。

彼女のきめ細かな肌に、裂傷と火傷《やけど》の痕があった。

「……!?」

彼女は最高位の不死者《アンデッド》――〈吸血鬼の女王《ヴァインパイア・クィーン》〉だ。多少の傷であれば、魔力による自動修復ができる。しかし、今は完全に魔力を消耗しきってしまったのだろう。

〈真祖のドレス〉の魔術戦闘形態は、無限の魔力を提供するものではなく、あくまで、着用者の魔力を、すべて魔術戦闘用に特化させるものだ。

　傷の修復ができないのは、その反動だった。

「――俺の眷属に、傷を付けたのか」

　呟《つぶや》いて、レオニスはゆっくりと背後を振り返る。

　十歳の少年の身体《からだ》から、わずかに漏れ出た怒気に触れ――

〈ヴォイド・ロード〉は、凍り付いたように動きを止めた。

『……ッ、な、何者かしらぁ？』

「ほう、化け物の分際で、言葉が喋《しゃべ》れるのか――」

　レオニスは低く嗤《わら》い、足元の影から〈封罪の魔杖《まじょう》〉を取り出した。

「――ならば、恐怖も感じとれるのであろうな？」

　と、その途端。

『……ア……アア……アアア……』

〈ヴォイド・ロード〉の残った脚が、瓦礫の上でカタカタと震える。

『う、嘘《うそ》……その杖《つえ》……馬鹿なっ……』

「貴様は我が眷属を傷付けた――故に、万死に値する」

　頭上に掲げた〈封罪の魔杖〉の尖端《せんたん》に、紅蓮《ぐれん》の炎が生まれた。

〈炎系統〉第八階梯《かいてい》魔術――〈極大消滅火球《アルグ・ベルゼルガ》〉。

『貴様のような餓鬼がっ、なぜあの御方《おかた》の呪文おおおおおおおおっ⁉』

〈ヴォイド・ロード〉が巨大な顎門《あぎと》を開き、レオニスめがけて真紅の閃光《せんこう》を放つ。

が、閃光は紅蓮《ぐれん》の炎にあっさり呑《の》みこまれ——

ズオオオオオオオオオオオオオオオンッ！

〈使徒《アポストル》〉——第九位。イリス・ヴォイド・プリエステスは、この世界から消滅した。

「これが、本物の魔王の魔術《ソーサリイ》だ。冥府への土産にするがいい」

断末魔の前に、なにごとか囀《さえず》っていたようだが、聞いてやる義理もあるまい。

制服のズボンの埃《ほこり》をはらい、背後を振り向く。

——と。

「レオ君！」

むぎゅっ。レオニスの顔は、やわらかい感触に押し包まれた。

「セ、セリア……さん⁉」

胸の谷間に顔をうずめたまま、あわてた声を発するレオニス。

だが、彼女は両腕でレオニスの頭をぎゅっと抱きしめたまま離してくれない。

「レオ君、無事で……よかった！」

「あ、あの……セリアさん、こ、呼吸……が……」

「あ、ご、ごめんね！」

胸の中でうめくと、彼女はあわてたようにパッと両腕を離した。

「すみません、約束の時間に戻れなくて」

「ううん、こうして戻って来てくれたんだもの」

頭を下げるレオニスに、リーセリアは小さく首を横に振る。

「ところで、状況がよく呑《の》み込めていないんですが、一体、なにがあったんですか。〈聖剣剣舞祭〉はどうなったんです?」

こほん、と咳払《せきばら》いして、レオニスは訊《たず》ねた。

シャーリの報告は聞いているものの、帰還したばかりで状況はまるでわからない。察するに、〈聖剣剣舞祭〉の最中に〈ヴォイド〉の侵攻があったようだ。

「試合の最中に、〈ヴォイド〉発生の警報が鳴ったの。それで、レギーナとシャトレス様と一緒に、〈帝都〉へ駆けつけようとし……て――」

――と。リーセリアの身体《からだ》が突然、ふらっと傾いた。

「セリアさん!?」

あわてて、彼女の肩を掴《つか》んで抱きとめる。

ひんやりと冷たい感触だった。

(……魔力欠乏だな)

〈真祖のドレス〉の力を、無限の魔力供給と勘違いして、魔術を使いすぎたのだろう。

「あ……れ……？」

脱力して、目をとろんとさせるリーセリア。

レオニスは彼女の背中を抱いたまま、唇にひと差し指をそっと押しあてた。

「頑張ったご褒美です。遠慮無く、吸ってください」

「う……ん……」

こくりと頷《うなず》くと、彼女はかぷっとレオニスの指先を咥《くわ》えた。

遠慮がちに、血を吸いはじめるリーセリア。

痺《しび》れるような甘い疼痛《とうつう》に、レオニスは思わず、くっと顔をしかめる。

「とはいえ、あまり吸いすぎないでくださいね。僕の血がなくなってしまうので」

苦笑して呟《つぶや》きつつ、レオニスは曇天の空を見上げた。

視線の遥《はる》か先。空にぱっくりと開いた、巨大な虚空《こくう》の裂け目があった。

これまで、レオニスが見てきた〈ヴォイド〉の裂け目とは、明らかに異なる。

裂け目の向こう側が、はっきりと見えた。

——血のように赤い、真紅の空だ。

その空の色を、レオニスは見たことがあった。

〈異界の魔神《アズラ＝イル》〉の引き起こした、〈天空城《アズール・フォート》〉の次元転移に巻き込まれ、〈竜王〉、〈海王〉と共に飛ばされた、あの異界の空。

（やはり、〈ヴォイド〉は、あの異界から現れているのか？）

胸中で呟《つぶや》いた、その時。

ズオオオオオオンッ！

〈第〇八戦術都市《エイス・アサルト・ガーデン》〉の地面がわずかに震動した。

（……なんだ？）

音のしたほうを振り向く――と、
遙《はる》か遠く、ビルが次々と薙《な》ぎ倒され、宙を舞うシュールな光景が視界に入った。

ビルを薙ぎ倒しているのは、三十メルト程はある巨人型〈ヴォイド〉――ではない。

闇色の衣を纏《まと》い、ひと振りの処刑剣を手に暴れ回る、小柄な少女だった。

（……だいぶ暴れてるな。まあ、予想通りではあるが）

第三の眷属《けんぞく》。〈常闇の女王《ダーク・ロード》〉――ラクシャーサ・ナイトメア。

一〇〇〇年前にレオニスが封印した、冥府の〈魔神〉の一柱。

〈ヴォイド〉の侵攻に対する窮余の策として、シャーリに解放を命じたものの、このまま放置すれば、〈第〇八戦術都市〉のすべてを廃墟《はいきょ》にしてしまいかねない。

「すみません、セリアさん……それ以上は、僕の血がなくなってしまうので――」

「あ、ご、ごめんね！　大丈夫？」

リーセリアはあわてて噛《か》むのをやめ、パッと身を離した。

「平気です。少し、立ちくらみしますけど……」

レオニスはふらふら立ち上がると、遠くで暴れる巨人型〈ヴォイド〉を指差して、

「僕はあれを止めに行きます」

「レオ君一人で⁉」

「ええ。あれは、〈聖剣士〉の部隊でも止められないでしょう」

よしんば、巨人型〈ヴォイド〉は集団戦術でなんとかなるにしても、ラクシャーサのほうはどうしようもあるまい。

「うん、レオ君が強いのは、もう知ってるけど……」

リーセリアの蒼氷《アイスブルー》の瞳が、逡巡《しゆんじゆん》するように揺れ――

やがて、こくっと頷《うなず》く。

「……わかった、レオ君はあの巨人型をお願い。私はレギーナのところに行くわ」

「レギーナさん？」

「ええ、負傷したシャトレス様を連れて、離脱中なの」

心配そうな顔で言うリーセリア。

レギーナは優秀な砲撃手だが、彼女の〈聖剣〉は対集団戦闘には適していない。負傷者を連れた状態で〈ヴォイド〉の群れに囲まれれば、ひとたまりもないだろう。

「わかりました。無理はしないでくださいね」

「――ええ！」

リーセリアも立ち上がり、〈誓約の魔血剣《ブラッディ・ソード》〉を握りしめた。

純白の〈真祖のドレス〉が光の粒子となって虚空《こくう》に消え、学院の制服姿に戻る。

駆け出したリーセリアの背中を見送ってから、レオニスは背後を振り向いた。

暴れ回る巨人型〈ヴォイド〉と〈常闇の女王《ダーク・ロード》〉。

虚空の亀裂より、次々と現れる〈ヴォイド〉の群れ。

「……やれやれ。俺も派手にやるしかないようだな」

軽く肩をすくめると、レオニスは髑髏《どくろ》を模した〈魔王〉の仮面を装着した。

◆

「なんですかもうっ、次から次へとっ！」

負傷したシャトレスを背後に庇《かば》いつつ、レギーナは羽蟲《はむし》型〈ヴォイド〉を撃ち落とす。

命中精度のいい〈竜撃爪銃《ドラグ・ストライカー》〉だが、連射性能は低い。レギーナ一人では、虚空の裂け目から無限にわいてくる〈ヴォイド〉の群れに対処できなかっただろう。

「水鏡流《みかがみりゅう》剣術――〈迅雷《じんらい》〉！」

紫電の斬光が閃《ひらめ》き、数体の羽蟲型〈ヴォイド〉が、一瞬で斬り裂かれた。

どこからか駆け付けてくれた咲耶《さくや》だ。

虚空を駆けて爆《は》ぜる雷球。桜蘭《おうらん》の白い衣が閃くたび、〈ヴォイド〉の群れは、その数をみるみるうちに減らしていく。

「先輩、討ち漏らしはそっちで頼むよ」

「任せてください！」

咲耶の凶刃を逃れた数体の〈ヴォイド〉を、レギーナの銃が正確に撃ち抜いた。

「……あれは、咲耶・ジークリンデか」

瓦礫《がれき》の上に横たわるシャトレスが呟《つぶや》いた。

簡易キットによる応急処置は施したものの、包帯には血が滲《にじ》んでいる。

「シャトレス様、本当に他の出場選手の名前を覚えてるんですね」

飛来してくる〈ヴォイド〉を撃ち抜きつつ、答えるレギーナ。

「正直、〈聖剣学院〉代表選手の中では、彼女を一番警戒していた。以前、〈桜蘭〉の傭兵《ようへい》団の戦いぶりを見たことがあるが、全員が一騎当千の聖剣使いだった」

「シャトレス様と、どっちが強いです？」

「さて、どうだろうな。〈聖剣〉には相性というものがある。しかし、あの娘、事前に調べたデータより、よほど強いな。動きがまるで違う」

「咲耶、普段の訓練試合では、実力の半分も出してないですからね」

〈ヴォイド〉を斬りまくる咲耶《さくや》を射撃で援護しつつ、レギーナは苦笑する。

〈桜蘭《おうらん》〉の棄民《きみん》は、〈ヴォイド〉への憎悪を力の糧《かて》としている、と聞くが――」

「あの、無理して喋《しゃべ》らないでくださいね。傷が開くかも」

レギーナはチラッと背後を振り返る。

シャトレスは、額にじっとりと脂汗を浮かべていた。

喋ることで、少しでも痛みをまぎらわそうとしているのか、あるいは――

(わたしに心配かけないようにって、ことですかね――)

ピシッ、ピシピシピシッ、ピシッ――!

――と、虚空《こくう》に奔《はし》る亀裂が、急速に広がった。

「咲耶、気を付けてください、なにか来ます!」

「……っ!?」

羽蟲《はむし》型〈ヴォイド〉を斬り捨て、咲耶は一気に飛び下がる。

背後のレギーナとシャトレスを守るように、〈雷切丸《らいきりまる》〉を構えた。

「――先輩、大物だ」

ピシッ、ピシピシピシッピシピシピシピシッ――!

■■■■■ッッッッッ――!

広がった虚空の裂け目から、濃密な虚無の瘴気《しょうき》が溢《あふ》れ出す。

空間を引き裂くようにして出現したのは、八本の首を持つ巨大な〈ヴォイド〉だ。

「……っ、あれは、まさか――〈ヒュドラ級〉!?」

レギーナは翡翠《ひすい》色の眼《め》を見開いた。

◆

ズオオオオオオオオオオオオッ！

ラクシャーサ・ナイトメアの振るう斬魂の処刑剣《エクスキューショナーズ・ソード》が、積層構造物を薙《な》ぎ倒した。

虚空の裂け目より現れた、巨人の姿をした化け物が、瓦礫《がれき》の山に押し潰される。

「――なんなの、この醜い化け物どもは？」

可憐《かれん》な少女の姿をした〈常闇の女王《ダーク・ロード》〉は――

凍《い》てつく闇色の眼で、地上を見下ろした。

おぞましい化け物は、無論、かつて彼女のいた世界にも存在した。

だが、虚空の裂け目より次々と現れる、この化け物どもは、それとは違う。

世界そのものを冒涜《ぼうとく》し、否定しているかのような、根源的な嫌悪感を抱かせる。

あんなものは、ラクシャーサ・ナイトメアの知る世界には存在しなかった。

地上はもちろん、彼女の支配する〈黄泉《よみ》の国〉にさえも。

■■■■■■■■■■ッッッ——！

巨人型〈ヴォイド〉が咆哮《ほうこう》を上げ、ゆっくりと起き上がった。

「……随分と頑丈なようね」

ラクシャーサの処刑剣は、あらゆる生命存在に死の呪詛《じゅそ》を与える高位の魔法武器だ。

だが、死の呪詛が、あの化け物に効果を現している様子はない。

「やはり、奴《やつ》の生み出した〈不死者《アンデッド》〉の眷属《けんぞく》ね」

と、そう結論付けて、ラクシャーサは不愉快そうに眉をひそめた。

おそらくは、あの忌々《いまいま》しい、〈不死者の魔王《アンデッド・キング》〉が生み出した眷属なのだろう。

すでに死せる不死者には、〈常闇の女王《ダーク・ロード》〉の死の呪詛は効かない。

それに、この化け物どもが、〈不死者の魔王〉の被造物なのだとすれば、これほどまでに嫌悪の情を抱かせるのも当然と言えよう。

「……レオニス。レオニス・デス・マグナス」

瓦礫《がれき》の上に降り立ち、ラクシャーサは、憎悪する敵の名を静かに呟《つぶや》いた。

彼女の支配する〈黄泉《よみ》の国〉を簒奪《さんだつ》した、傲慢にして、卑劣なる〈魔王〉。ひとたびは封印した彼女を解き放ち、この不浄なる化け物共を差し向けたのは何故《なぜ》か——？

（眷属どもの力を、このわたしで試すつもり？）

ラクシャーサの闇色の瞳が、激しい怒りに揺れる。

「どこまで、このわたしを愚弄すれば気が済むの？」

咆哮し、突進してくる巨人型の化け物めがけ、怒りにまかせて処刑剣の刃《やいば》を振るう。

刃から放たれた魔力の衝撃波が、巨人の頭部を粉々に粉砕した。

「姿を現しなさい、〈不死者の魔王〉！　どこぞで嘲笑《あざわら》っているのでしょう」

夜色のドレスを翻《ひるがえ》し、羽蟲《はむし》型の化け物を、闇の炎でことごとく焼き尽くす。

だが、虚空《こくう》の裂け目はますます拡《ひろ》がり、巨人型の化け物は次々と降下してくる。

「……そう。あくまで、姿を見せないつもりなのね、〈不死者の魔王〉」

瞳に静かな憤怒《ふんぬ》をたたえ、ラクシャーサは呟いた。

「それならば――」

ゴオオオオオオオオオオオオッ！

彼女の全身から、激しい魔力の嵐が吹き荒れ、虚無の化け物を粉砕する。

「隠れる影などなくして――」

「――あたり一帯を吹き飛ばすつもりか。〈常闇の女王〉よ」

――と、頭上から聞こえた声に。

「……!?」

ラクシャーサは反射的に振り向いた。

渦巻く魔力が霧散し、空を舞う塵《ちり》が一気に晴れる。

「人間どもの都市を破壊するのはかまわんが、ここは、いずれ我の領土になるのでな」

空中に立ち、漆黒の外套《がいとう》をはためかせた人影が、ラクシャーサを見下ろしていた。

髑髏《どくろ》の仮面を装着した、長身の男。

「……っ、お前は――！」

闇色の眼《め》を見開くラクシャーサに――

その人影は外套を翻《ひるがえ》し、告げた。

「我はこの世界の真の支配者、古《いにしえ》より甦《よみがえ》りし〈魔王〉――ゾール・ヴァディス」

◆

フシャアアアアアアアアアアッ――！

蛇に似た奇怪な八つの首が、同時に咆哮《ほうこう》を発した。

「……っ、ヒュドラ級だと⁉」

レギーナの背後で、シャトレスの唸《うな》る声が聞こえた。

最前線での実戦経験が豊富な彼女も、さすがに、このクラスの〈ヴォイド〉と遭遇する場面は、そう多くはないはずだ。

（――まして、ここは最前線の〈巣《ハイヴ》〉じゃない、市街地ですからね）

じっとりと汗を浮かべ、〈竜撃爪銃《ドラグ・ストライカー》〉を構える。

レギーナは、この〈ヒュドラ級〉と一度戦ったことがある。

およそ四ヶ月《よんかげつ》ほど前、〈第〇七戦術都市《セヴンス・アサルト・ガーデン》〉を襲《おそ》った〈大狂騒《スタンピード》〉の中で、これと同クラスの〈ヴォイド〉が市街地に出現したのだ。

ズウウウウウウウンッ！

虚空《こくう》の裂け目を押し広げ、ヒュドラの巨躯《きょく》が這《は》い出してくる。

八つの首は、すでにこちらを獲物と定めているようだ。

「えっと……咲耶《さくや》、逃げられますかね？」

〈聖剣学院〉の任務基準では、ヒュドラ級〈ヴォイド〉の討伐には、少なくとも、訓練された〈聖剣士〉二個小隊の戦力が必要とされている。

二人で立ち向かうのは、いくらなんでも無謀な相手だ。

「ボク一人ならね」

咲耶はそっけなく首を振った。

「お姫様を連れて逃げるのは、無理だよ」

「……ですよねー」

ひきつった笑みを浮かべつつ、肩をすくめるレギーナ。

「……私はここに捨て置け、レギーナ・メルセデス」

「はいはい。姫殿下は、ちょっと黙っててくださいね」

「なっ！」

背後で驚く声が聞こえる。

こういう物言いをされた経験は、あまりないのだろう。

「――言ったじゃないですか、守るって」

覚悟を決めた表情で、呟《つぶや》く。

ツインテールの髪をなびかせ、レギーナは前に進み出る。

「咲耶《さくや》、前衛を任せてもいいですか？」

「ああ、任せてくれ、先輩！」

咲耶が〈雷切丸《らいきりまる》〉を片手に、ヒュドラめがけて斬り込んだ。

――同時。

「〈聖剣〉形態換装《モード・シフト》――〈第四號竜滅重砲《ドラゴン・スレイヤー》〉！」

顕現させた〈竜撃爪銃《ドラグ・ストライカー》〉を、虚獣殲滅《きょじゅうせんめつ》武装モードに換装。

狙撃銃型の〈聖剣〉が、大型火砲へ一瞬で姿を変えた。

「一発ぶちかまします、咲耶、避《よ》けてくださいね！」

咲耶がヒュッと飛び上がり、吸い付くようにビルの壁を駆け上がる。

「喰《く》らええええっ！」

ズオオオオオオオオオオオオオオンッ！

閃光《せんこう》。ヒュドラの巨躯《きょく》を爆発が呑《の》み込み、轟音《ごうおん》が大気を震わせる。

吹き飛んだ瓦礫《がれき》の破片があたりに散らばった。

爆煙が晴れる。

「……っ!?」

ヒュドラ級〈ヴォイド〉の影が、土煙の向こうに浮かびあがった。

表面の甲鱗《こうりん》は数枚ほど剥《は》がれたようだが、致命的なダメージを受けた様子はない。

（オーガ級を倒せる〈第四號竜滅重砲《ドラゴン・スレイヤー》〉の直撃でも、甲鱗を抜けませんか――）

レギーナは胸中で歯噛《はが》みする。最高火力の〈超弩級竜雷砲《ドラグ・ブラスト》〉モードであれば、ヒュドラ級の竜鱗も貫通できるだろうが、〈超弩級竜雷砲《ドラグ・ブラスト》〉はチャージに時間がかかる上、完全に固定しなければならないため、移動する目標に命中させるのは困難だ。

八つある首のひとつが鎌首をもたげ、顎門《あぎと》を開いた。

口腔《こうこう》の奥に、眩《まばゆ》い閃光が生まれる。

「はあああああっ――水鏡流《みかがみりゅう》剣術〈雷神烈破斬《らいじんれつぱざん》〉！」

刹那。その首が、宙を舞った。

閃《ひらめ》く斬光。〈桜蘭《おうらん》〉の白装束が、華麗にひるがえる。

ズオンッ！

落下した首が地面を跳ね、自らの熱閃《ねつせん》によって爆発四散した。

「まずは、首ひとつ――」

ヒュドラ級の背中に降り立った咲耶《さくや》は、返す刀で、次の首を斬り飛ばす。

ヒュドラが怒りの咆哮《ほうこう》を上げ、その巨躯《きょく》を咲耶ごとビルに叩《たた》き付ける。

ドオオオオオオオオンッ！

咲耶は、瞬時に飛び降り、竜鱗の剥《は》がれた箇所に刃《やいば》を突き込んだ。

刃の尖端《せんたん》に、〈聖剣〉による雷撃を流し込む。

ほとばしる青白い雷光。

――が、羽蟲《はむし》型〈ヴォイド〉を一瞬で焼き尽くした雷撃も、ヒュドラを一瞬、のけぞらせるだけにとどまった。

ヒュドラが、鞭《むち》のようにしなる首を、横殴りに振り回す。

咲耶は〈雷切丸《らいきりまる》〉を手に、後ろへ飛び下がった。

一撃でも喰《く》らえば、小柄な咲耶の身体《からだ》はバラバラになるだろう。

「……咲耶!?」

そんな咲耶の戦いぶりに、レギーナは違和感を覚える。

ヒュドラ級〈ヴォイド〉を相手に、よく立ち回ってはいる。だが、咲耶が本気で〈雷切丸〉を振るったときの動きは、レギーナの眼《め》では追えないものなのだ。

ガッ、ガガガガガガガッ――！
同時に繰り出される、六つの首の攻撃を、紙一重で回避する咲耶。
その足捌《あしさば》きは、やはり、精彩を欠いているように思える。
ふと、レギーナは気付いた。
（……ひょっとして、左眼が見えてないんです？）
左方向からの攻撃に対し、わずかに反応が遅れている。
（ここに駆け付ける前に、なにかと戦っていた……？）
そういえば、〈聖剣剣舞祭〉の最中、咲耶との通信が途切れていたが――
「咲耶、後退してください！　二発目を撃ち込みます！」
〈第四號竜滅重砲《ドラゴン・スレイヤー》〉を構えたレギーナが叫んだ。
咲耶が、地面を蹴って跳躍する。
――が、その刹那。
フシャアアアアアアアアッ！
切り落とされた首が一瞬にして再生し、咲耶めがけて食らいつく。
左側面からの攻撃に、咲耶の反応が遅れ――
次の瞬間。ヒュドラの首が消滅した。
鞭のようにしなる真紅の斬閃《ざんせん》が、斬り飛ばしたのだ。

「いま行くわ、レギーナっ！」

「セリアお嬢様⁉」

レギーナは眼《め》を見開く。

真紅の刃《やいば》の〈聖剣〉を手に、白銀の髪の少女が駆けてくる。

タッと跳躍すると、まるで翼が生えたかのように飛翔《ひしょう》した。

ヒュドラの甲鱗《こうりん》の間隙《かんげき》に、刃を突き入れ、〈聖剣〉の力を解放する。

「我が血の刃よ、乱れ舞え――〈血斬乱舞《けつざんらんぶ》〉！」

血の刃が螺旋《らせん》となって、〈ヴォイド〉の体内で暴れ狂った。

オオオオオオオオオオオオオオオオオッ――！

苦悶《くもん》の雄叫《おたけ》びを上げ、残った首を滅茶苦茶《めちゃくちゃ》に振り回すヒュドラ。

リーセリアは〈聖剣〉を引き抜くと、咲耶《さくや》の隣に飛び移る。

「助かったよ、先輩――」

「咲耶、レギーナ、一気にたたみかけるわ！」

〈誓約の魔血剣《ブラッディ・ソード》〉を手に、リーセリアはヒュドラを睨《にら》み据《す》えた。

「お嬢様、無茶《むちゃ》はしないでください！」

「はあああああっ！」

リーセリアが跳んだ。

解き放たれた血の刃が、ヒュドラの首に絡み付いて拘束する。

オオオオオオオオッ――！

ヒュドラは巨体を揺らして引き千切ろうとするが――

「させないよ――」

紫電一閃《いっせん》。咲耶がまとめて首を斬り飛ばした。

「レギーナ、首の断面を！」

叫ぶと同時、レギーナと咲耶が左右に別れて跳ぶ。

「はいっ、消し飛べえええええええ！」

リーセリアの声に応え、レギーナは〈第四號竜滅重砲《ドラゴン・スレイヤー》〉を撃ち放つ。

ドオオオオオオオオオンッ！

超火力の閃光《せんこう》が、〈ヴォイド〉の巨躯《きょく》を呑《の》み込んだ。

◆

「――〈魔王〉ゾール・ヴァディス？」

上空の人影を見上げて――

シャーリの姿をした〈魔神〉は、整った柳眉《りゅうび》を寄せた。

「ああ、俺は再びこの世界を支配するため、甦《よみがえ》った〈魔王〉……うおっ！」

ヴンッ！

前触れもなく、ラクシャーサが剣を振り下ろした。

放たれた魔力の刃《やいば》が、レオニスのすぐ横をかすめ飛ぶ。

ズオオオオオオオオンッ！

背後で、ビルの崩れる音がした。

「……っ、な、なにをするっ!?」

髑髏《どくろ》の仮面の奥で、レオニスは思わず、焦《あせ》った声を発した。

直撃していれば、脆弱《ぜいじゃく》な少年の身体《からだ》は真っ二つになっていただろう。

「……そう、この期《ご》に及んで、また謀《たばか》ろうというのね」

「なに？」

ラクシャーサの全身に、凄《すさ》まじい魔力の気配が立ち上った。

憎悪をたたえた闇色の双眸《そうぼう》が、上空のレオニスを射《い》貫《ぬ》くように見据《みす》える。

「そんなふざけた仮面一つで、この私が騙《だま》されるとっ――！」

彼女の肩が小刻みに震え、散らばった瓦礫《がれき》の破片がカタカタと浮き上がる。

「忘れるものかっ！　貴様の声、貴様の匂い、貴様の名っ――！」

（……マズイっ、〈力場障壁《ルア・メイレス》〉！）

嫌な予感がしたレオニスは、咄嗟《とっさ》に、防護の魔術を無詠唱で発動する。

「〈不死者の魔王《アンデッド・キング》〉――レオニス・デス・マグナス！」

直後。ラクシャーサが咆哮《ほうこう》した。

ドオオオオオオオオオオオオオンッ！

凄まじい魔力の波動が、放射状に放たれる。

「……っ！」

土煙が晴れる。レオニスが目を開けると、〈第〇八戦術都市《エイス・アサルト・ガーデン》〉の高層ビル街に、巨大なクレーターが出現していた。

（……むう、やはり無理があったか）

強烈な魔力を浴びて、ゾール・ヴァディスの幻影の衣が剥《は》がれる。

レオニスの姿は十歳の少年に戻ってしまった。

さすがに、騙すのは無理だったようだ。

〈常闇の女王《ダーク・ロード》〉――ラクシャーサ・ナイトメア。

〈最後の山脈〉の地底深くに栄えた、〈黄泉《よみ》の国〉を統べる魔神。

〈魔王軍〉と敵対した、〈光の神々《ルミナス・パワーズ》〉の眷属《けんぞく》ではなかったが、レオニスとは不死者の王の称号を巡り、対立していた。

最終的には、レオニスが軍勢を以《もっ》て〈黄泉の国〉を制圧したのだが、不死の存在であるラクシャーサを完全に滅ぼすことは出来ず、その魂を封印したのだった。

高位の〈魔神〉ゆえ、戦力としては申し分ないが、レオニスの命を狙っているため、戦場に投入するタイミングは限られる。とはいえ、配下のほとんどを失った今のレオニスにとっては、貴重な切り札だった。

(……まあ、一応は、枷《かせ》もかけてあることだしな)

肩をすくめつつ、レオニスは半壊したビルの廃墟《はいきょ》に降り立った。

「ふん、一〇〇〇年も眠れば、少しはおとなしくなるかと思ったのだがな」

「……っ、〈不死者の魔王《アンデッド・キング》〉、今度は子供の姿かっ！」

ラクシャーサは処刑剣の切っ先をこちらへ向けて、

「貴様は、あのときもそうやって、わたしのこ、心を、弄んでっ！」

叫び、ラクシャーサが地を蹴った。

廃墟に立つレオニスめがけ、一気に距離を詰めてくる。

「……っ！」

ギャリリリリリリリッ！

振り下ろされた剣の斬撃を、レオニスは〈封罪の魔杖《まじょう》〉の柄で受け止めた。

「待て、なんのことだっ！」

「——殺すっ、殺す殺す殺す殺すっ！」

闇色の瞳に怒りの焔《ほのお》を灯《とも》し、激しく刃《やいば》を叩《たた》き付けてくる。

普通の魔導杖《まどうづえ》であれば、とっくに両断されていただろう。

無事で済んでいるのは、杖《つえ》の中に〈ダーインスレイヴ〉を封印しているためだ。

(……マズイな、これは――)

レオニスは舌打ちした。

刃を受け止めるたび、全身の力が抜けてゆく。

生命吸収――〈常闇の女王《ダーク・ロード》〉の振るう、〈斬魂の処刑剣《エクスキューショナーズ・ソード》〉の権能だ。

レオニスが〈不死者の魔王〉であった頃には完全耐性を有していたが、今のレオニスの肉体は純然たる人間のものである。全身から魔力を放出し、なんとか抗しているが、このままでは、生命力を奪い尽くされてしまう。

「――っ、〈重力暴烈破《ラグゼ・ヴィレイズ》〉!」

打ち下ろされる刃を受け止めつつ、レオニスは魔術を放った。

ドオオオオオオッ――!

虚空《こくう》に発生した重力場が、ラクシャーサとレオニス自身を同時に吹き飛ばす。

一時的に距離を取ると、空中で魔杖《まじょう》を構え、牽制《けんせい》の第三階梯《かいてい》魔術を連打する。

「――〈爆裂咒弾《ファルガ》〉ッ、〈爆裂咒弾〉ッ、〈爆裂咒弾〉ッ!」

ドオンッ、ドオンッ、ドオオオオンッ!

「……っ、こんな呪文でっ！」

ラクシャーサが剣を横薙《よこな》ぎに振るった。

弾《はじ》かれた紅蓮《ぐれん》の光球が、羽蟲《はむし》型〈ヴォイド〉に直撃、爆散する。

（……この程度の魔術では、埒《らち》があかんな）

後方に跳んで距離を取りつつ、胸中で呟《つぶや》く。

（――ひとまず、今は時間稼ぎだな）

ピシッ、ピシピシピシッ――！

――その時。ラクシャーサの周囲の空間に、亀裂が走った。
■■■■■■■ッ――！
空間を引き裂いて、ヒュドラ型〈ヴォイド〉が姿を現す。

「……っ、邪魔よ！」

苛立《いらだ》たしげに叫んで、処刑剣を振り下ろした。

大型〈ヴォイド〉の巨躯《きょく》を、たやすく真っ二つに両断する。

「〈不死者《アンデッド》〉の眷属《けんぞく》？　こんなもので、私を足止めできるとでも？」

「――ふん、数が揃《そろ》えば、侮《あなど》れぬだろうよ」

レオニスは大仰な仕草で告げた。

「我が眷属ども、〈常闇の女王〉の首を討ち取るがいい！」

と、まるでレオニスの声に応じるかのごとく――

ズウウウウウウウウンッ！

上空の巨大な裂け目から、三体の巨人型〈ヴォイド〉が次々と降下してくる。

「まずは俺の配下を倒してみるがいい。一騎打ちはその後だ」

「舐《な》められたものね、こんな雑魚《ざこ》どもっ！」

ラクシャーサは巨人型〈ヴォイド〉と交戦をはじめる。

〈ヴォイド〉を、レオニスの配下の魔物と勘違いしているようだ。

この隙に距離をとりつつ、レオニスは胸中でほくそ笑んだ。

先ほどのパフォーマンスは、上空に巨人型〈ヴォイド〉が現れるのを見て、タイミングを合わせただけである。

（――それにしても、あのタイプの〈ヴォイド〉は初めて見たな）

六本腕の巨人の体長は、ゆうに三十メルト以上はある。

（堕《お》ちた神々の眷属《けんぞく》、ヘカトンケイル種族に似ているが――）

さしものラクシャーサも、あの巨人型には少々手こずっているようだ。

〈帝都〉の擁する戦力がどれほどのものか、レオニスは把握していないが、あの数が相手では、人類側は到底太刀《たち》打ちできなかっただろう。

十分に距離を取ると、レオニスはザッと立ち止まった。

「悪いな、シャーリ。少し手荒くなるが――」

〈封罪の魔杖《まじょう》〉を掲げ、高位の攻撃呪文を詠唱する。

「〈戦術級〉――第八階梯《かいてい》魔術〈極大重波《ヴィラ・ズオ》〉！」

ズオオオオオオオオオンッ――！

虚空《こくう》に生まれた重力球が、周囲の〈ヴォイド〉ごとラクシャーサを呑《の》み込んだ。

倒壊するビル群。土煙が激しく舞い上がる。

無論、この程度であの魔神を無力化できるわけもない。

あくまで、時間稼ぎだ。

レオニスは端末の時計を見た。正確な時間が計れる、便利な魔導具だ。

シャーリがラクシャーサを解放してから、少なくとも五分以上が経過している。

（……そろそろ、頃合いのはずだが）

――と、立ち上る土煙の中に、闇のオーラが立ち上った。

ラクシャーサは平然と立ち、怒りに燃える目でレオニスを睨《にら》む。

「ご自慢の配下は倒したわよ、〈不死者の魔王《アンデッド・キング》〉」

「よかろう、望み通り一騎打ちだ」

レオニスは〈封罪の魔杖〉を手に構え――

「忠実なる下僕、我を守護せよ――」

〈影の王国《レルム・オヴ・シャドウ》〉より、スケルトン兵の軍勢を召喚する。

「――卑劣なっ、一騎打ちではなかったの！」

「骨の軍勢は、我が身の一部だ」

「戯《ざ》れ言《ごと》をっ！」

ラクシャーサが凄《すさ》まじい速度で接近し、〈斬魂の処刑剣《エクスキューショナーズ・ソード》〉を振り下ろす。

〈骨の軍団〉は、まるで玩具《おもちゃ》のように薙《な》ぎ払われて宙を舞った。

骨の軍勢を蹴散らし、突っ込んでくる不死の魔神。

「――〈不死者の魔王《アンデッド・キング》〉、その首、貰《もら》った！」

〈斬魂の処刑剣〉の刃《やいば》が、レオニスの喉元に突き込まれる。

――が。

「……なっ⁉」

ラクシャーサは驚愕《きょうがく》に目を見開く。

刃は、レオニスの首に届く寸前で、ピタリと止まっていた。

「……なん……だ、と……？」

剣を突き込んだ体勢のまま、凍り付いたように固まる〈常闇の女王《ダーク・ロード》〉。

――否、彼女はすでに、ラクシャーサ・ナイトメアではない。

「――時間切れだ。残念だったな」

端末を制服の中にしまいつつ、レオニスは首を振った。

「……な、に……を……！」

「俺に斬りかかってきたとき、すでに動きが鈍っていたからな。解放されて喜んだだろうが、もちろん、暴走したときのための保険は打ってある」

〈常闇の女王〉の解放には、時間制限がある。

第Ⅲ段階の解放であれば、八〇〇秒。およそ十三分だ。

「……っ、レオニス、レオニス！」

ラクシャーサが怒りの咆哮《ほうこう》を発するが、身体《からだ》はぴくりとも動かない。

主人格たるシャーリの意識が、レオニスを傷付けることを拒んでいるのだ。

「ラクシャーサよ、お前は十分役立った。眠りにつくがいい――」

「おのれ、おのれおのれおのれええええええっ！」

レオニスが、彼女の頭にそっと手を触れると――

闇色のドレスは溶けて消え、シャーリは普段のメイド服姿に戻った。

「あ、魔王……様……」

「シャーリ、よくやった。今は休むがいい」

そう声をかけると、シャーリを優しく地面に横たえる。

シャーリの身体は、レオニスの影の中にズブズブと沈み込んだ。

「ふう……なんとか、なったようだな」

レオニスはほっと息を吐く。

頭上の裂け目はまだ開いたままだが、もう巨人型〈ヴォイド〉が現れる様子はない。

だが、飛行型の〈ヴォイド〉は未だ侵入を続けているようだ。

「——掃除を手伝ってやるか」

呟《つぶや》いて、レオニスはふたたび、ゾール・ヴァディスの仮面をつけた。

◆

「——お嬢様、もうすぐ〈帝都〉の増援部隊が到着するようです」

「わかった。それじゃあ、わたしはあたりを警戒してくるわね」

リーセリアは頷《うなず》くと、瓦礫《がれき》まみれの路地を小走りに駆け出した。

「気を付けてください、お嬢様」

端末を制服のポケットにしまい、レギーナは安堵《あんど》の息を吐く。通信が回復したということは、〈ヴォイド〉の攻勢はいったんは収まったのだろう。

振り向くと、瓦礫の上に座り込んだシャトレスのそばに屈《かが》み込む。

正規の部隊には、治癒の〈聖剣〉の使い手が最低一人は随行する規則になっている。最高クラスの治癒師であれば、彼女の傷もすぐに癒《いや》してくれるはずだ。

「もう大丈夫ですよ、姫殿下」

「……ああ、すまない、な……レギーナ・メルセデス」

「咲耶《さくや》も、大丈夫ですか？　その、左眼《ひだりめ》――」

「ああ……たいしたことはない、よ。少し砂埃《すなぼこり》が入っただけだ」

咲耶は左眼を押さえつつ、首を横に振った。

「……それなら、いいですけど」

レギーナは〈竜撃爪銃《ドラグ・ストライカー》〉を手に、あたりを警戒した。

路地の入り口には、倒したばかりのヒュドラ級〈ヴォイド〉の骸《むくろ》が横たわっているが、すぐに跡形もなく、虚無に還《かえ》るのだろう。

視線を上げると、曇天の空の中に、また別の空が見えた。

巨大な虚空《こくう》の裂け目から覗《のぞ》く、血のように真っ赤な空。

まるで、〈第〇八戦術都市《エイス・アサルト・ガーデン》〉を見下ろす、巨大な眼のようだった。

第二章　虚無世界

——帝国標準時間一六〇〇《ヒトロクマルマル》。

〈聖剣剣舞祭〉に参加していた各養成校の生存者は、〈第〇八戦術都市《エイス・アサルト・ガーデン》〉からの退避を完了。その後、騎士団に護送され、各々の宿舎へ戻ることとなった。

第十八小隊のメンバーが宿舎としている〈シャングリラ・リゾート〉の公園は、避難してきた帝国市民のために開放され、大勢の人でごったがえしている。

市街に溢《あふ》れた小型〈ヴォイド〉の群れは、すでに騎士団によって掃討され、新たな〈ヴォイド〉の発生は確認されていないようだが、混乱はまだ続きそうだ。

（……無理もあるまい、な）

黄金《おうごん》架《か》ホテルの部屋の窓から外を眺めやりつつ、レオニスは胸中で呟《つぶや》く。

〈第〇八戦術都市〉上空に現れた、巨大な裂け目。〈ヴォイド〉の裂け目は、時間の経過と共に消滅するのが常だが、あの裂け目だけは、まだ残り続けている。

「——マグナス殿」

と、背後で声が聞こえた。

振り向くと、冷蔵庫の真下から、巨大な黒狼《こくろう》がぬっと姿を現した。

「ブラッカスよ、なんという場所から出てくるのだ」

レオニスは思わず、眉をひそめた。

ブラッカス・シャドウプリンスは、呪いで獣の姿になってなお、王子であった頃の優雅さを忘れぬ男だ。同じ影でも、冷蔵庫の下から現れるとは――

「非礼を詫《わ》びよう、マグナス殿。緊急事態なのだ」

「緊急事態？」

「ああ。〈第〇七戦術都市《セヴンス・アサルト・ガーデン》〉に構築した〈影の回廊〉が、ことごとく寸断されている」

「……そうか」

少し考えて、レオニスは頷《うなず》く。

あくまで落ち着いたレオニスの態度に、ブラッカスは首を傾《かし》げた。

「なにか、心当たりがあるのか？」

「……まあ、な」

レオニスは、巨大な虚空《こくう》の裂け目に視線を移し、

「あくまで推測だが、あれの影響だろうな」

「〈ヴォイド〉の裂け目か」

「ああ。俺は、あの裂け目の向こう側を見てきた」

「なんだと？」

ブラッカスの耳がぴくっと跳ねる。

「〈アズラ＝イル〉の引き起こした、〈天空城《アズール・フォート》〉の次元転移に巻き込まれてな――」

「〈アズラ＝イル〉？　あの異界の〈魔王〉が甦《よみがえ》ったのか？」

「……どうやら、そのようだ」

レオニスは頷《うなず》くと、ジュースのグラスを取り、ソファに腰掛けた。

「――すこし長くなるが、聞いてくれ。俺も、正直頭が混乱しているのでな」

ブラッカスはソファの横に座り、尻尾をぱたっと下ろした。

「俺はヴェイラと共闘し、〈海王〉リヴァイズ・ディープ・シーを倒した。その直後、奴《やつ》は〈天空城〉と共に現れたのだ――」

記憶を辿《たど》りつつ、レオニスは話した。

〈アズラ＝イル〉は、〈第〇三戦術都市《サード・アサルト・ガーデン》〉で戦死したはずのリーセリアの父、クリスタリア公爵の姿をしていたこと。

未知の〈聖剣〉の力を使い、〈海王〉を支配していたこと。

そして、戦いの最中に、〈天空城〉の次元転移に巻き込まれたこと――

「……次元転移？　竜王の〈天空城〉に、そんな機能があったのか？」

ブラッカスが訝《いぶか》しげに訊《たず》ねる。

「ああ、ヴェイラもその機能のことを知らなかったようだ。もともと〈天空城〉は、古代のエルダー・ドラゴンどもが発掘したものらしいからな」

「〈アズラ＝イル〉の〈次元城〉と同じものなのか？」

「おそらくは、な。まあ、ともかく、俺はその次元転移に巻き込まれ、異世界に飛んだ」

レオニスは勢いよくグラスを呷《あお》る。

「血のように赤い空。そして、〈ヴォイド〉の闊歩《かっぽ》する世界だ」

「あの虚無の化け物は、マグナス殿の転移した、その世界から現れたと？」

「間違いあるまい。あの世界は、森も海も大地も、すべてが〈ヴォイド〉の纏《まと》う瘴気《しょうき》に汚染されていた。それに、あの世界には奴がいた」

「……奴？」

「我が師、〈六英雄〉の〈剣聖〉だ」

レオニスは苦々しい顔で呟《つぶや》く。

〈ヴォイド・ロード〉──シャダルク・シン・イグニス。

「〈第〇七戦術都市《セヴンス・アサルト・ガーデン》〉に現れたシャダルクは、虚無の亀裂に呑《の》まれて姿を消した。奴がいたということは、〈ヴォイド〉があの世界から現れている、ということだ」

「──なるほど」

ブラッカスは虚空《こくう》の裂け目に視線をくれた。

「あの裂け目が消えずに残り続けているのは、〈第〇七戦術都市〉を含めた〈帝都〉の周辺が次元転移したためだと考えられる」

「〈影の回廊〉の寸断は、〈ヴォイド〉の世界が次元転移した影響、というわけか」

「おそらく、な——」

頷《うなず》くレオニス。

「ただ、なんらかの要因で、次元転移は不完全な形で発生したようだ。仮に完全な形で発生していたのだとすれば、あのような裂け目ではなく、少なくとも〈帝都〉の周辺全域が、〈ヴォイド〉の世界に呑《の》み込まれていたはずだからな」

「これが次元転移の影響なのだとしてだ。なぜ、ここで次元転移が発生したのだ？」

イレギュラーなのか、あるいは、最初から織り込み済みなのかは不明だが。

「……それは俺にもわからん」

異世界の〈門〉が、自然に開くことは、ありえない。

何者かの意図があるはずだった。

それに、どのような方法で次元転移を引き起こしたのか——

（……アズラ＝イルは、〈天空城《アズール・フォート》〉の力を使ったが——）

この件に、あの異界の魔神は関わっているのか——

「なんにせよ、裂け目の調査は必要だな」

「では、俺が行こう」

ブラッカスが立ち上がった。

「いや、お前はここに残ってくれ。あの裂け目が、次元転移の名残だとすれば、不安定な状態にあるはずだ。裂け目が閉じてしまえば、戻ってこられなくなる。シャドウ・デーモンに偵察させよう」

レオニスが影の魔物を召喚しようとした、その時だ。

部屋の外で、カードキーの鳴る音がした。

「――レオ君、ただいま」

「セリアさん!?」

レオニスはあわてて返事をし、ブラッカスはソファの下の影に飛び込んだ。

◆

「ごめんね、報告が思ったより長引いちゃって――」

部屋に戻ってきたリーセリアは、制服の上着をハンガーにかけつつ言った。

〈聖剣剣舞祭〉に参加していた部隊の隊長は、全員、報告のために〈セントラル・ガーデン〉にある騎士団本営に召集されたのだった。

「お土産に、レオ君の好きなプリンを買ってきたわ」

「それは、どうもありがとうございます」

レオニスはソファから立ち上がり、二人分のお茶を淹《い》れはじめる。

「〈聖剣剣舞祭〉は情勢が落ち着くまで延期。管理局の命令で、〈帝都〉にいる部隊は一度〈聖剣学院〉に戻るよう要請があったわ」

棚の食器を取り出しつつリーセリアは椅子に座った。

「まあ、この状況ですし、延期はしかたないですね」

ポットに紅茶の葉をひたしつつ、頷《うなず》くレオニス。

「……すみません。試合までに戻る約束、守れなくて」

「ううん、気にしないで。レオ君が無事に戻って来くれた。それだけで、十分よ」

リーセリアは手を伸ばし、レオニスの頬《ほお》に触れた。

「セ、セリア……さん？」

「本当に……心配したんだから」

レオニスを見つめる蒼氷《アイスブルー》の瞳がわずかに揺れる。

「たった数日ですよ」

「……～っ、そ、そうだけど、心配だったんだもん」

ぷくーっと可愛《かわい》く頬を膨らませるリーセリア。

（……まあ、たしかに、たった数日の間にいろいろあったんだがな）

〈海王〉リヴァイズ・ディープ・シーとの戦い。

そして、〈アズラ＝イル〉との遭遇と、〈虚無〉の世界への転移。

（……さて、あのことを、どう話したものか）

と、レオニスは胸中で難しい顔をした。

話しあぐねているのは、六年前に〈第〇三戦術都市《サード・アサルト・ガーデン》〉で死んだはずの彼女の父、クリスタリア公爵のことだ。彼は生きていて、しかも〈異界の魔王〉に憑依《ひょうい》されていた。

と、そんなレオニスの逡巡《しゅんじゅん》を察してか、

「……レオ君、どうしたの？」

リーセリアが心配そうな顔をする。

「いえ、なんでもありません」

レオニスは小さく首を横に振った。

（……いまは、まだ話すべきではないだろうな）

彼女の父が本当に生きているのか、確証はない。〈異界の魔王〉が、公爵の肉体を依《よ》り代《しろ》として利用しているだけで、その魂は存在しないかもしれないのだ。

偽りの希望を与えることは、彼女の心をより傷付けることになりかねない。

「――そういえば、〈聖剣剣舞祭〉では、大活躍でしたね」

と、レオニスは話題を逸《そ》らした。

「え、う、うん……ちょっと、頑張った、かな」

リーセリアは少し照れたように頬《ほお》をかく。

「剣舞祭は延期になっちゃったけど、一応、今回の戦績は、学院内のランクに反映されるみたい。〈教導軍学校〉のエースは倒したし、シャトレス様ともいい勝負をしたから、もしかすると、昇格できるかもしれないわ」

普段は謙遜しがちな彼女だが、今回は本人なりに満足のゆく結果が出せたのだろう。

第十八小隊の活躍は、レオニスも映像アーカイブで確認している。

影の枷《かせ》を外してからのリーセリアの活躍は目覚ましく、数ヶ月《すうかげつ》前のミュゼル・ローデスとの決闘のときなどとは、まるで見違えるようだった。

「普段の特訓の成果ですよ」

と、レオニスは満足げに頷《うなず》いて、

「そういえば、僕の身代わりは、どんな訓練をしたんですか？」

「え……」

訊《たず》ねると、リーセリアの笑顔は途端に引き攣《つ》った。

「えっと、レオ君よりだいぶ厳しかったっていうか、鬼っていうか……」

ははは、と遠い目でどこか遠くを見つめる眷属《けんぞく》の少女。

（ト、トラウマになっている!?）

……シャーリは一体どんな特訓をしたのだろう？

なんとも不安になるレオニスだった。

「で、でも、感謝はしてるわ、おかげで強くなれたと思うし！」

「……そうですか。それなら、まあ、よかったです」

レオニスはこほんと咳払《せきばら》いして、

「それにしても、驚きました。〈真祖のドレス〉の魔装展開、〈銀麗の天魔《クイーン・ミネルヴァ》〉のモードを使いこなすなんて」

肉体戦闘特化型の〈暴虐の真紅《スカーレット・タイラント》〉のモードに対し、魔術戦闘特化型の〈銀麗の天魔《クイーン・ミネルヴァ》〉のモードは、莫大《ばくだい》な魔力に加え、魔力をコントロールする技術が必要になる。

双方にメリット、デメリットがあるため、〈銀麗の天魔《クイーン・ミネルヴァ》〉のモードが優れているというわけではないが、より修練と才能が必要なのは間違いなく後者のほうだ。

「鬼教か――じゃない、えっと……レオ君の影武者の人に魔力を制御する訓練を毎日させられていたの。わたしも、レオ君のくれたドレスが変身するなんて、ぜんぜん知らなかったんだけど……あ、そうだ！」

と、リーセリアはハッとして声をあげた。

「どうしたんです？」

「レオ君の倒した、あの蜘蛛《くも》の〈ヴォイド〉、あのドレスのことを知っていたわ」

「……え？」

レオニスはわずかに眉根を寄せた。

「〈ヴォイド〉が、〈真祖のドレス〉のことを……？」

「うん、訊《き》いてきたの。どうして、お前がそのドレスを持っているんだ――って」

「……」

レオニスは顎に手をあて、首を捻《ひね》った。

（――俺の秘宝を知っている、ということは、奴《やつ》は〈魔王軍〉の残党だったのか？）

無論、レオニスはあの蜘蛛《くも》のような〈ヴォイド・ロード〉に覚えはない。

しかし、〈アズラ＝イル〉の配下であった、ネファケス・レイザード。

かつて、〈魔王軍参謀〉の地位にあった妖僧、ゼーマイン・ヴァイレル。

〈魔王軍〉の中で幹部の地位にあった連中が、この世界で〈ヴォイド〉と共に暗躍しているのだ。可能性はある。

「セリアさん、〈ヴォイド〉は、何か名乗っていましたか？」

「ううん、名乗っては……いなかったと思う」

「では、なにか言ってましたか？」

「ええっと……」

リーセリアは、思い出そうとするように天井を見上げた。

「えっと、世界が上書きされるとか、どうとか……」

「世界が、上書きされる？」

……一体、どういう意味なのだろう。

上空に現れた、巨大な虚空《こくう》の裂け目と、何か関係があるのだろうか――？

（あの〈ヴォイド〉が次元転移を発生させた？　しかし、上書きというのは――）

レオニスが考え込んでいると、

「ねえ、レオ君――」

と、リーセリアが、少し不安そうな表情で声をかけてくる。

「あの〈ヴォイド〉のこと、なにか知ってるの？」

レオニスは一瞬口を噤《つぐ》んだ。

が、隠し立てしてもしかたなかろうと、すぐに思いなおした。

「ええ、昔の知り合いかもしれません」

「もしかして、レオ君の眷属《けんぞく》？」

「眷属では、ないと思います。眷属なら、刻印が反応するはずなので――」

レオニスは手の甲に、〈支配の刻印〉を浮かび上がらせる。

彼女を〈吸血鬼の女王《ヴァンパイア・クイーン》〉として甦《よみがえ》らせた時に、契約の証《あかし》として刻まれたものだ。

リーセリアの脚の付け根には、対になる〈隷属の刻印〉が刻まれているが、これまで、彼女を刻印の力で従わせたことは一度もない。

「ただ、ドレスのことを知っていたということは、僕の敵か、配下の一人だった可能性はありますね。どうして〈ヴォイド〉になったのかは、わかりませんが――」

と、レオニスは、リーセリアの蒼氷の眼《アイスブルーめ》をまっすぐに見つめた。

「安心してください。僕がいる限り、セリアさんは必ず守りますから」

「……~っ⁉」

途端、リーセリアの顔がカアアッと赤くなった。

それから、膝の上できゅっと手を握りしめ、

「……ち、違うもん」

「え？」

「レオ君を守るのは、わたしの役目。わたしはレオ君の保護者、なんだから――」

突然、頭をぎゅっと抱きしめてくる。

柔らかな胸の感触に押し包まれ、真っ赤になるレオニス。

「セ、セリアさん⁉」

「……血は、もう吸いましたよね？」

「うん、そうじゃないの。レオ君分を補給するの」

「な、なんですかそれ？」

「ずーっと、会えなかったんだから……」

耳朶《じだ》をくすぐるような囁《ささや》き声。白銀の髪が頰《ほお》を撫《な》でる。

眷属《けんぞく》の少女に抱きしめられるこの感覚は、数日ぶりで──

（……っ、まったく、度しがたい）

恥ずかしがりながらも、レオニスは胸の中に頭をあずけるのだった。

◆

「……一体、何が起きているんだ？」

帝都の中心部〈セントラル・ガーデン〉。王宮の敷地内にある別邸の私室で──

帝弟、アレクシオス・レイ・オルティリーゼは、苛立《いらだ》たしげに呟《つぶや》いた。

端末の画面には、〈第〇八戦術都市《エイス・アサルト・ガーデン》〉上空に現れた、巨大な虚空《こくう》の裂け目の監視映像が、リアルタイムで映し出されている。

こんな事態は、六十四年前の第一次〈ヴォイド〉侵攻以来、初めてのことだ。

（……あのサイズの裂け目なら、超弩級《ちょうどきゅう》〈ヴォイド〉が出現する可能性もある）

そんな化け物が、群れをなしてこちらの世界に侵攻してくれば、人類の力と〈聖剣〉だけでは、到底太刀《たち》打ちできないだろう。

（――〈帝都〉がこの海域から離脱するには、少なくとも十日はかかる）

強襲機動型要塞として設計された〈第〇七戦術都市《セヴンス・アサルト・ガーデン》〉などとは異なり、あまりに巨大になりすぎた〈第〇一戦術都市《キャメロット》〉は、そう簡単に移動することはできない。

建造中の〈第〇八戦術都市《エイス・アサルト・ガーデン》〉は航行能力がなく、現在、連結状態にある〈第〇七戦術都市〉もまた、破損した〈魔力炉〉の換装中だ。

「……っ、エドワルド、遅すぎたのか、我々は――」

今は亡き旧友の名を口にして、テーブルに拳を叩《たた》き付ける。

と――

「――帝弟殿下、よろしいでしょうか」

私室の扉の外で、女の声が聞こえた。

帝弟の私室を、謁見申請もなしに訪れる女は、一人しかいない。

「……君か。ちょうどよかった、入ってくれ」

声をかけると、入ってきたのは、二十歳半ばほどの白衣の女だった。

端麗な顔立ちに、夜の闇を梳《くしけず》ったような、艶やかな黒髪。

クロヴィア・フィレット。フィレット財団の令嬢にして、〈第〇六戦術都市《アレクサンドリア》〉の対虚獣《きょじゅう》対策研究所に所属する、上級研究官だ。

帝弟の愛人などと、まことしやかな噂《うわさ》が流れているが、無論、事実ではない。

敢《あ》えて言えば、彼女との関係は——

(……共犯者、といったところか)

アレクシオスは皮肉げに、胸中で呟《つぶや》いた。

愛人の噂も、案外、彼女が面白がって流しているのかもしれない。

「殿下、少し休まれてはいかがですか？」

「そうもいかなくてね。これでも、王家の一員だ」

よほどひどい顔をしていたらしい。肩をすくめつつ苦笑する。

「それより、用件はなんだい。僕もそれなりに忙しくてね」

「ええ、殿下に、ご覧に入れたいものが——」

クロヴィアはテーブルの上に、情報解析用の端末を広げた。

わざわざ私室を訪れるということは、飼っている猫の映像ではないだろう。

「これがなにか、わかりますか？」

端末に映し出されたのは、膨大な数列のデータだった。

「……〈魔力炉〉の稼働率？」

アレクシオス自身も、〈第〇四戦術都市《フォース・アサルト・ガーデン》〉の〈アカデミー〉で学んでいたため、ある程度の魔導技術の専門知識はある。

「その通りです、殿下。この数値は、〈聖剣剣舞祭〉開始直前に検出された、〈第〇八戦術都市〉に搭載した二基の〈魔力炉〉の稼働率になります」

数値を見ると、〈魔力炉〉がほとんど稼働していないことがわかる。

それも当然だ。〈第〇八戦術都市《エイス・アサルト・ガーデン》〉は、まだ建造途中であり、〈聖剣剣舞祭〉の運営に必要な、最低限の出力があれば十分なのである。

「これが、何か——」

「もう少しお待ちください。〈聖剣剣舞祭〉開始、三十分後です——」

画面を注視していると——

やがて、片方の〈魔力炉〉の出力が異常な数値を出しはじめた。

「これは、まさか!?」

「ええ、〈魔力炉〉の次元転移機構が稼働しています」

「……っ!?」

アレクシオスは息を呑《の》んだ。

極一部の人間だけが知ることだが、〈魔力炉〉の核に使われているのは、大陸各地で発掘された、古代世界において、神と呼ばれていたものの残骸だ。

ゆえに、核とした神の能力によって、〈魔力炉〉にも個体差が生じる。

〈第〇八戦術都市〉の魔力炉には、次元移動の能力を持つ〈魔神〉の残骸が組み込まれており、限定的な〈次元転移〉の機構が搭載されていた。

無論、帝国の上層部――賢人会議は、〈次元転移〉を使い、〈虚無〉の世界に侵攻することを考えていたわけではない。むしろ、〈次元転移〉の機構を利用し、〈虚無〉の裂け目の発生を相殺《そうさい》しようと考えていたようだ。

「〈魔力炉〉が、〈ヴォイド〉の発生に反応して、暴走した？」

「その可能性もありますが、正直、わかりません」

クロヴィアは首を振りつつ、肩をすくめてみせる。

「――ともかく、推測できるのは、なんらかの原因で、〈魔力炉〉の次元転移機構が稼働し、虚無の世界の一部が、こちらの世界に露出したままになってしまっている、ということです。つまり――」

「次元転移機構を再稼働させれば、あの裂け目を修復できる可能性があると？」

「理論上は」

と、頷《うなず》くクロヴィア。

「……わかった。僕のほうで、賢人会議に提案してみよう」

アレクシオスは椅子に背をもたれ、天井を仰いだ。

「――とはいえ、出力の安定しない〈魔力炉〉の再稼働が、うまくいく保証はないな。それまでに、また〈ヴォイド〉の侵攻が発生する可能性がある」

より大規模な〈大狂騒《スタンピード》〉が発生すれば、〈帝都〉は持ちこたえられまい。

「……なんにせよ、僕たちの計画を急ぐ必要があるな」

「ええ……」

――〈魔王計画《D.project》〉。

彼が、旧友のクリスタリア公爵から引き継いだ、非公式の計画だ。

遙《はる》か太古、世界を混沌《こんとん》と恐怖に陥れた、八体の〈魔王〉。

その強大な力を魔導技術によって制御し、〈虚無〉との戦いに利用する。

それが計画の骨子であり、クロヴィア・フィレットのチームは彼の密命を受け、世界中にある遺跡を調査し、〈魔王〉の発掘を行っていた。

そして、二ヶ月《にかげつ》ほど前――

第四大陸の永久凍土の下で、封印された〈竜王〉を発掘したのだ。

復活した〈竜王〉は虚無に蝕《むしば》まれて暴走し、ロストしてしまったが、それまでアレクシオス自身、半信半疑であった〈魔王〉の実在は証明された。

「世界を恐怖に陥れた存在。そんなものに頼るしか、人類の生きる道はないのか」

その力が、〈ヴォイド〉ではなく、人類に向かうのだとしたら――

(――僕は、人類にとって最大の裏切り者になるだろうな)

呟《つぶや》いて、自嘲するアレクシオス。

「その〈魔王〉のことで、報告があります」

「なんだ？」

「例の、〈魔王〉ゾール・ヴァディスを名乗る者のことです」

「ふむ？」

〈魔王〉――ゾール・ヴァディスとは、〈第〇七戦術都市《セヴンス・アサルト・ガーデン》〉の地下組織を率いている、反帝国組織の首魁《しゅかい》の名だった。

多数の地下組織を糾合し、急速に勢力を拡大しているようだ。

クリスタリア公爵の遺《のこ》した研究資料に、ゾール・ヴァディスなどという〈魔王〉の名は見あたらない。しかし、〈魔王〉の存在を知っているのは不可解だった。

――〈魔王〉も〈英雄〉も、すでに人類の歴史からは消えているのだ。

「これを見てください――」

と、クロヴィアが端末を操作した。

画面が切り替わり、あの巨大な裂け目が映し出された。

〈大狂騒《スタンピード》〉が発生した直後の、〈第〇八戦術都市《エイス・アサルト・ガーデン》〉の中心区画だ。

「これは、観戦用ドローンの映像かい？」

「はい、中心部付近のドローンは、ほとんどが〈ヴォイド〉の攻撃に巻き込まれて破壊されましたが、離れた場所にいたドローンが、運よく戦闘の様子を撮影していました」

映像が粗いのは、〈ヴォイド〉によるＥＭＰの影響だろう。

「……っ⁉」

――と。続いて映し出された映像に、アレクシオスは息を吞《の》んだ。

髑髏《どくろ》の仮面を装着した人影が、空中にたたずんでいる。

その人影が、さっと杖《つえ》のようなものを振るったかと思うと、真下のビル群が爆発し、〈ヴォイド〉の群れが一瞬にして消し飛ばされたのだ。

「これは、一体……」

アレクシオスは端末の画面を食い入るように見つめて呟《つぶや》く。

「報告によれば、〈魔王〉ゾール・ヴァディスは、たしか――」

「ああ、知っているよ」

と、アレクシオスは興奮した様子で頷《うなず》いて、

「――髑髏の仮面を着けているんだ」

その時。彼の脳裏に、ある恐ろしい考えが閃《ひらめ》いた。

もしこの映像の人影が、本物の〈魔王〉で、〈ヴォイド〉と敵対しているのならば――

（味方につけることが、できるんじゃないか――？）

◆

「――あ、お嬢様と少年♪」

レオニスとリーセリアがミーティングルームに入ると、簡易キッチンに立つ、メイド服姿のレギーナが振り向いた。

「レギーナ、なにを作ってるの？」

「特製のフルーツサンドイッチです」

キッチンのトレイには、ひと口サイズのサンドイッチが並んでいる。

イチゴ、キウイ、ピーチ、バナナ、オレンジなどの新鮮な果物と、生クリームをふんだんに使った、美味《おい》しそうなサンドイッチだ。

「夕飯まで時間がありますから、ミーティング中に軽くつまめるものをと思って」

「ありがとう」

リーセリアは部屋の奥へ進んだ。

と、部屋の隅のソファに、先客がいるのを発見する。

アイマスクをして、すぅすぅ寝息を立てている咲耶《さくや》だ。

「咲耶？　ミーティング、なんだけど……」

「ふふん、鯛焼《たいや》きはほんものの魚じゃないんだよー、少年……」

リーセリアが声をかけると、咲耶は謎の寝言を返してきた。

「咲耶、どうしちゃったの？」

眉をひそめ、リーセリアはキッチンにいるレギーナに声をかける。

「ホテルに戻ってすぐ、おやつを食べに来たんですよ。お菓子をたくさん食べたら、そのままソファで寝てしまって……」

「……そう、〈ヴォイド〉との戦闘で、〈聖剣〉の力を酷使しすぎたのね。このまま休ませてあげましょう」

リーセリアは咲耶《さくや》の上に、そっと上着をかけた。

レオニスは、眠る咲耶にちらと視線を向けて、

（……俺の与えた〈魔眼〉の力を使ったな）

あれは、本来人間には使いこなせない、〈魔神〉の力だ。

さすがの咲耶でも、使いすぎれば身体《からだ》がもつまい。

「お嬢様、少年、飲み物はどうしますか？」

「わたしはジュースを――」

「僕はコーヒーをお願いします」

「少年は、お砂糖たっぷりですね」

頷《うなず》いて、レギーナは会議用テーブルの上にフルーツサンドをのせた。

レオニスがひと口食べると、しっとりやわらかいパンとコクのある生クリーム、ほどよい酸味のあるフルーツの甘みが口の中いっぱいにひろがる。

「久し振りに食べましたけど、やっぱり、レギーナさんのお菓子はおいしいですね」

ふたつめを手に取りつつ、レオニスは素直な感想を口にした。

……なにしろ、このところ口にしていた食べ物は、軍用の携帯食だけだったのだ。

リヴァイズとヴェイラは不満はなかったようだが、やはり、レギーナの手作りのお菓子とは比べものにならない。

「……久し振り？」

と、レギーナがきょとん、と首を傾《かし》げた。

「少年、ほぼ毎日、わたしの手料理を食べてたじゃないですか？」

しかも、毎回おかわりまでして、と付け加える。

（……しまった⁉）

そういえば、シャーリに影武者を任せていたのだった。

「あ、いえ、えっと……」

レオニスがしどろもどろになっていると、

「――ごめんなさい、待たせたわね」

折良く、エルフィーネが扉を開けて入ってきた。

「お疲れ様です、フィーネ先輩」

「いろいろ、騎士団の偉い人に無理を言われちゃって――」

少し乱れた制服の襟を直しつつ、リーセリアの隣にすわるエルフィーネ。

「しかたないですよ。先輩の〈天眼の宝珠《アイ・オヴ・ザ・ウイッチ》〉の情報は貴重ですから」

最後に、ポットを手にしたレギーナがレオニスの横に座る。

……最初に話題になったのは、やはり、あの裂け目のことだった。

「なにか、わかったんですか?」

訊《たず》ねるリーセリアに、エルフィーネは首を横に振る。

「〈帝都〉の情報局が、調査用のドローンを飛ばしてみたけど、結局、一機も帰ってこなかったわ。向こう側だと、ドローンの制御に使われてる〈人造精霊《アーティフィシャル・エレメンタル》〉が、おかしくなってしまうみたい」

「先輩の〈聖剣〉はどうなんです?」

と、今度はレギーナが訊ねる。

「もちろん、〈天眼の宝珠〉も二機、調査に出してみたわ。ただ、いまのところ、あまり有益な情報はないわね。わかるのは、あの裂け目の向こうが、濃密な〈ヴォイド〉の瘴気《しょうき》に汚染されているということよ」

「〈ヴォイド〉の姿は、確認されていないんですか?」

「いまのところはね。裂け目の付近に、探査系の〈聖剣〉使いたちが監視網を張っているわ。なにか変化があれば、すぐに報告があるはずよ。ただ、問題があってね——」

と、エルフィーネは深刻な表情で口を開く。

「虚空《こくう》の裂け目は、上空にあるひとつだけじゃないようなの」

「……ええっ、ほ、本当ですか？」

「本当よ」

驚くレギーナに、答えたのはリーセリアだった。

「管理局の報告だと、少なくとも、〈帝都〉周辺の海域を含めて十四箇所に、空間の裂け目が確認されているらしいわ」

「今は十七箇所に増えているわね――」

と、エルフィーネが訂正する。

「〈第〇八戦術都市《エイス・アサルト・ガーデン》〉の上空にある裂け目ほど大規模なものではないけれど、大型の〈ヴォイド〉が出現するには十分なサイズね。近々、各所にある裂け目に、調査部隊が派遣される方針よ」

「調査部隊、ですか……」

レオニスは複雑な表情で呟《つぶや》いた。

（……並の戦力では、全滅するだけだと思うがな）

レオニスは、異世界で見た、超弩級《ちょうどきゅう》の飛行型〈ヴォイド〉のことを思い出した。

リヴァイズはあっさりバラバラにしてしまったが、あれはレオニスの第八階梯《かいてい》魔術にも、一度は耐えたのだ。あのクラスの〈ヴォイド〉に襲《おそ》われたら、今の人類の戦力では、とうてい太刀《たち》打ちできないだろう。

「もちろん、危険な任務よ。けれど、帝国の議会と管理局は、謎に包まれた〈ヴォイド〉の生態を解明する絶好の機会とも考えているわ。これまでは、ずっと後手に回っていたけれど、こちら側から打って出ることができるかもしれない」

「その調査部隊って、わたしたちが参加することもあるんです？」

「学院生は対象外よ。今のところはね」

「いずれにせよ、第十八小隊は一度、〈聖剣学院〉に戻って報告するようにって。管理局のお達《たっ》しがあったわ」

リーセリアが端末を操作し、管理局の命令書の映し出された画面を皆に見せた。

「明朝には、荷物をまとめてここを引き払わないといけないわね」

「せっかくここのキッチンになれてきたのに、残念です……」

しょんぼりと肩を落とすレギーナだった。

◆

「──嗚呼《ああ》、素晴らしい。一度は滅びた王国が、偉大なる女王のもとで甦《よみがえ》るとは」

白髪の青年司祭は両手を広げ、大仰なしぐさで、玉座に座る女王を褒《ほ》め称《たた》えた。

ネファケス・ヴォイド・ロード――〈女神〉の〈使徒《アポストル》〉第十三位。

彼の背後には、〈桜蘭《おうらん》〉の白装束を着た、青髪の少女が無言でたたずんでいる。

二人の使者がおとずれたのは――〈影の城〉だった。

虚無の裂け目の向こう側に広がる世界――〈虚無世界《ネザー・ヴォイド》〉。

その森林地帯に広がるすべての影が、女王の支配する影の領土だ。

「――おためごかしは飽きたわ、司祭」

と、玉座に座る女王は、不機嫌そうに唸《うな》った。

〈影の王国〉の女王は、人の姿をしていない。

それは、どろりと玉座にわだかまる、奇怪な影の塊だった。

影の中で、濁ったふたつの眼《め》がぎょろりと動く。一〇〇〇年前、〈影の王国〉を恐怖と暴虐で支配した、美しい女王の姿は、もう見る影もない。

女王の玉座の後ろには、二人のメイド服姿の少女が控えている。

いずれも可憐《かれん》な容姿の、年若い少女達《たち》。この少女達は、人間ではない。〈影人〉と呼ばれる魔族であり、暗殺者としての訓練を受けた〈七星〉の精鋭だ。

「それより、お前達の侵攻計画は、失敗したそうではないか？」

影の女王の声は、広間に殷々《いんいん》と響きわたった。

「たしかに、〈虚無転界《ヴォイド・シフト》〉を、完全な形で遂げることは叶《かな》いませんでしたが、一時的な世界の上書きには成功しました。一度開いた虚無の裂け目は、我らが〈女神〉の尖兵《せんぺい》を送りこむのに十分機能することでしょう」

「――ふむ、まあよい。妾《わらわ》の悲願は、再び偉大なる〈影の王国〉を取り戻すこと。あの憎たらしい黒狼《こくろう》めに簒奪《さんだつ》された、妾の王国をのう」

影の女王より立ち上る激しい怒気に、二人のメイドが、わずかに身体《からだ》を震わせた。

「ときに司祭よ」

と、女王は言葉を続けた。

「〈使徒《アポストル》〉の第九位を滅ぼしたのは、〈聖剣〉使いどもなのか?」

「――イリス様を滅ぼした存在は、不明です」

ネファケスは首を横に振る。

「しかし、あの御方《おかた》は仮にも〈魔王軍〉の大幹部。〈聖剣〉によって、人類の戦闘能力が飛躍的に増したとはいえ、敗れるとは思えません」

「……では、何者だと? 例のエルフの勇者か?」

「アルーレ・キルレシオですか。どうでしょうね、〈魔王殺しの武器《ジ・アーク・セヴンス》〉を所持しているようですが、以前、わたしと戦った時は、大きく力を失っているようでした」

「わからぬぞ、あの〈六英雄〉の〈剣聖〉の弟子だというではないか」

「そうですね。まあ、可能性としてはあり得るでしょうが――」

と、ネファケスはそこで言葉を切ると、声をひそめた。

「じつはですね、女王陛下。少し、気になる存在がいるのですよ」

「ふむ、申してみよ」

影の女王は興味を抱いたようだ。

「〈魔王〉――ゾール・ヴァディス」

「ゾール・ヴァディス？　聖剣の勇者に滅ぼされた、いにしえの時代の魔王か」

「――ええ、そうです」

ネファケスは表情ひとつ変えず、頷《うなず》いた。

「〈魔王〉の名を名乗る者が、〈帝都〉に潜んでいるようなのですよ。無論、騙《かた》りである可能性はおおいにありますが、歴史に葬られた、ゾール・ヴァディスの名を知っているからには、ただの人間とは思えません」

「……たしかに、面白い。しかし、〈女神〉の預言の中に、いにしえの魔王の名はなかったのではないか？」

「仰《おつしや》る通りです、女王陛下。しかし、預言にイレギュラーが発生しはじめているのも、また事実。〈竜王〉ヴェイラ・ドラゴン・ロードは、時が満ちるより先に、人類の手によって発掘され、〈死都《ネクロゾア》〉の遺跡に眠るはずの〈不死者の魔王〉は消えていた。そして、最強の〈魔王〉とされる〈海王〉、リヴァイズ・ディープ・シーもまた、いずこかへ姿を消してしまいました――」

「たしかに、のう。〈女神〉の預言が違《たが》うことなく成就《じようじゆ》するのであれば、〈虚無転界《ヴォイド・シフト》〉は完全な形でなされ、〈精霊の森〉に封印されし、あれの覚醒のために、わざわざ〈魔剣〉を蒐集《しゆうしゆう》する必要はなかったであろうよ」

影の女王は皮肉に嗤《わら》った。

「……まあよい。すでに妾《わらわ》は、あちらの世界に強固な橋頭堡《きようとうほ》を築いておる。すぐにでも〈魔剣〉を蒐集し、そのゾール・ヴァディスとやらも返り討ちにできよう」

「――おお、それは頼もしい」

慇懃《いんぎん》に頭《こうべ》を垂れるネファケス。

影の女王の眼《め》に、妖しい輝きが灯《とも》る。

――と、〈影の城〉の広間の中央に、魔術による映像が映し出された。

「ここが、妾の王国の橋頭堡」

よく手入れされた庭園。宮殿のように豪奢《ごうしや》で美しい、白亜の建物。

「〈帝都〉の心臓部にして、〈聖剣〉の集う贄《にえ》の炉よ――」

第三章　影の謀略

Demon's Sword Master of Excalibur School

午前中に〈シャングリラ・リゾート〉をチェックアウトしたリーセリアたちは、都市間を連結する〈リニア・レール〉で〈第〇七戦術都市《セヴンス・アサルト・ガーデン》〉へ戻った。

エルフィーネは帝国騎士団の要請で〈帝都〉に残り、咲耶《さくや》は〈オールド・タウン〉にいる雷翁《らいおう》の屋敷へ立ち寄るということで、途中のステーションで別れることになった。

「学院に戻る前に、ちょっとフレニアさんのところに立ち寄ってもいいかしら」

と、そこでリーセリアが提案したので、

「ええ、大丈夫ですよ、お嬢様」

「僕も、構いません」

レギーナとレオニスも賛同し、フレニア孤児院に寄ることになったのだった。

途中の大型商店でお土産を買い、孤児院の玄関口に入ると、

「あ、セリアお姉ちゃん！」「レオ兄ちゃんだ！」

レオニスたちに気付いた子供たちが、パタパタと駆け寄ってくる。

「みんな、ひさしぶりね。元気だった？」

リーセリアは子供たちを優しく抱きしめる。

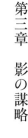

「セリアお姉さん、とってもかっこよかったわ！」

「フレニアさんが、お姉ちゃんの戦うところ、みせてくれたの」

リーセリアを取り囲んで、はしゃぐ子供たち。

子供たちも、端末で〈聖剣剣舞祭〉での彼女の活躍を観戦していたようだ。

「お、おねーさんも活躍してたんですよー」

と、後ろのレギーナが、ツインテールの髪をくるくるしつつアピールするが、

「えー、レギーナ姉ちゃん、ずーっとうしろにいたし」

「セリアお姉さんはちゃんとたたかってたのにー」

「うん、ズルだよ」

「ええっ!?」

……まあ、剣で戦う前衛に比べて、後衛のガンナーは地味に見えるものなのだろう。

ガーン、とショックを受けるレギーナを哀れんでいると、

「あ、あの、レオお兄ちゃんも、カッコよかった……よ?」

うしろにいたティセラが、おずおずと伝えてくる。

「……僕、活躍してましたか？」

「う、うん……ええっと、いっぱい……いっぱい、頑張ってた！」

ぐっと両手を握りしめ、励ますようにこくこくと頷《うなず》く。

……その仕草で、レオニスは察した。

(……シャーリめ、完全にサボっていたな)

たしかに、あまり目立ちすぎるなという指示は与えていたが、ティセラのこの反応を見るに、本当に手を抜いていたようだ。

肩をすくめ、話題を変える。

「そういえば、こっちは大丈夫だったんですか?」

「そうだ、〈ヴォイド〉の群れは、〈第〇七戦術都市《セヴンス・アサルト・ガーデン》〉にも来たんですよね?」

リーセリアもハッとして訊《たず》ねる。

「ええ、このあたりは、運良く襲《おそ》われなかったんです」

と、フレニア院長が頷いた。

「きっと、星のご加護でしょう」

……レオニスには、そのご加護に心当たりがあった。

この孤児院には、配下の〈シャドウ・ナイト〉を三体、常駐させているのだ。

子供たちに危害を与える敵が近付き次第、斬り捨てる命令を与えている。

(……よもや、星の加護ではなく、〈魔王〉の加護とは、夢にも思うまいな)

ふっ、と胸中で皮肉な笑みを浮かべるレオニスである。

「……お嬢様、お土産を」

「あ、そうだったわね」

リーセリアは玄関口に運んできた紙袋を開けた。

「お菓子、いっぱい買ってきたわ。みんなで仲良く分けてね」

「わーい！」「ありがとう、セリアお姉ちゃん！」

歓声を上げ、一斉にお菓子に群がる子供たち。

「まあ、いつもありがとう」

「いえ、わたしこそお世話になっているので」

フレニア院長に、リーセリアは丁寧にお辞儀を返し、

「それでは、わたしたちはこれで――」

「えー、セリアお姉ちゃん、もう帰っちゃうのー？」

「もっと遊んでいこうよー」

「ごめんね。遊んであげたいけど、わたしたち、学院に戻らないといけないの」

口々に声をあげる子供たちに、リーセリアは申し訳なさそうに頭を下げた。

〈ヴォイド〉と交戦した二人は、管理局に報告する義務があるようだ。

「そうだ――」

――と、リーセリアはふと、レオニスのほうを振り返り、

「よかったら、レオ君、みんなと遊んであげて」

「僕ですか⁉」

突然、水を向けられて、驚くレオニス。

「レオお兄ちゃんの話、聞かせてよー」

「レオ兄ちゃんは遊んでくれるよな！」

戸惑うレオニスの制服を引っぱり、もみくちゃにする子供たち。

「……っ、セリアさん⁉　わっ……」

「少年は人気者ですねー」

「それじゃ、レオ君、お願いね」

もみくちゃにされるレオニスに、リーセリアは小さく手を合わせるのだった。

◆

〈帝都〉の中心部に、美しい庭園と森に囲まれた、白亜の建物がある。

旧時代の王侯貴族の住むような、古風な宮殿を思わせる外観だ。

――〈エリュシオン学院〉。〈帝都〉の誇る、〈聖剣士〉養成学校。

その規模は〈聖剣学院〉には遠く及ばないが、選《よ》りすぐられた、才能ある貴族の子弟が多く在籍しているエリート校である。近年は〈聖剣剣舞祭〉での活躍も目覚ましく、〈銀《シル》血の天剣姫《バーブラッド・ソーディア》〉率いる部隊が二度の優勝をはたしている。

〈エリュシオン学院〉の女子寮区画は、完全な男子禁制であり、男が間違って足を踏み入れようものなら、警備の騎士に袋だたきにされることだろう。

その女子寮の部屋の窓から、外の庭園の景色を眺め、

「……退屈なものだな、まったく」

帝国第三王女——シャトレス・レイ・オルティリーゼは嘆息した。

治癒の〈聖剣〉の力により、傷は癒えたが、まだ〈聖剣〉を使える状態にはない。

すぐにでも復帰して、あの裂け目の調査部隊に志願したいところなのに。

腕に触れると、癒えたはずの傷がズキリと疼《うず》く。

傷口が〈ヴォイド〉の瘴気《しょうき》に触れたせいかもしれない。

（あれは、一体なんだったのか——）

シャトレスを負傷させたのは、〈人類教会〉代表の〈聖剣士〉だ。

突然、おぞましい蜘蛛《くも》のような脚を生やし、彼女の全身を刺し貫いた。

（まるで、〈ヴォイド〉のような……）

背筋が凍えるような、冷たい感覚に、彼女は身を震わせる。

〈ヴォイド〉が人間に化ける。そんなことが、あり得るのだろうか。

それとも、あれは〈ヴォイド〉とは違う何かだったのか。

　――なんにせよ、だ。

（……っ、あの危機に、わたしはなにもできなかった）

忸怩《じくじ》たる想《おも》いにとらわれ、ギリ、と奥歯を噛《か》む。

民を守る、王族の義務を果たすことができなかった。

（最強と呼ばれる〈聖剣〉を授かりながら、ただ、守られていることしか！）

彼女を命懸けで守った、〈聖剣学院〉の第十八小隊。

リーセリア・レイ・クリスタリア、咲耶《さくや》・ジークリンデ、そして――

（……レギーナ・メルセデス、か）

以前会った時は、あまり印象に残らなかった、ツインテールの少女のことを思い出す。

今年で十五歳になる。〈聖剣学院〉に入る以前は、〈第〇三戦術都市《サード・アサルト・ガーデン》〉で、クリスタリア家のメイドをしていたらしい。

〈聖剣剣舞祭〉の前に調べた情報は、せいぜいその程度だった。

同じ第十八小隊でも、クリスタリア公爵の娘や、フィレット伯爵令嬢の娘、エースアタッカーの〈桜蘭《おうらん》〉の剣士に比べると、注目度は低い。

「……十五歳、か。いや、まさか――な」

端末を起動し、代表選手のデータを呼び出した。

透き通った翡翠《ひすい》色の瞳。黄金色の髪は、それほど珍しいものではない。

ただ、その特徴に加え、〈聖剣〉を宿している、となると――

（三王家の血筋に連なる者は、必ず〈聖剣〉の力を宿している――）

当時、二歳の幼児であったシャトレスに、妹の記憶はない。

だが、もし、彼女が生きているのだとすれば――

「あの、姉様、よろしいでしょうか――」

その時。部屋の外で少女の声がした。

「……アルティリア？」

ドアを開けると、やはり、そこにいたのは妹だった。

帝国第四王女、アルティリア・レイ・オルティリーゼ。

可憐《かれん》なドレスを身にまとい、両手で王家の精霊〈カーバンクル〉を抱えている。

「どうした、なにかあったのか？」

「姉様のお見舞いですよ」

訊《たず》ねると、妹はちょっとむっとしたように頬《ほお》を膨らませた。

「見舞いなら、昨日、来てくれたじゃないか」

「昨日は昨日です」

「そうか……」

まあ、シャトレスとしては、可愛《かわい》い妹の顔を見られて嬉《うれ》しいが。

「わたしは大丈夫だよ。もう、傷も治った」

「それはよかったです。でも、無茶《むちゃ》はしないでくださいね。姉様のことだから、すぐにでも〈ヴォイド〉討伐の任務に志願するんじゃないかって――」

「ああ、しばらくは大人しくしているつもりだ」

と、シャトレスは心にもないことを口にした。

もちろん、大人しくなどしているつもりはない。

アルティリアはテーブルの上にお菓子を置くと、ソファにちょこんと腰掛けた。

「ところで、姉様。お見舞いついでに、ご相談したいことがあるのですが」

「……相談？　ああ、構わないが」

「昨日から、精霊の様子がおかしいんです」

「……〈カーバンクル〉が？」

彼女の抱きかかえる王家の精霊に眼《め》を落とし、シャトレスは訊ねた。

「ええ、なんだか不安そうにそわそわしているんです。この子だけじゃなくて、王宮の庭園にいる精霊たち、それに〈人造精霊《アーティフィシャル・エレメンタル》〉まで、なんだか様子がおかしくて、まるで、なにかに怯《おび》えているような――」

アルティリアは、精霊をぎゅっと抱きしめ、シャトレスを見つめた。

「姉様は、なにか感じませんか？」

「……いや、わたしは、巫女《みこ》としての力は微々たるものだからな」

シャトレスは困ったように眉を寄せた。

〈人類統合帝国《インペリアル》〉の統治者たる資格を持つ、三王家の一角、オルティリーゼの血統は、古代の精霊使いの血を引いている。

当然、シャトレスも、精霊の声を聞くことはできるのだが、強力な〈聖剣〉を授かった代償なのか、その力はアルティリアに比べれば遙《はる》かに小さい。

「この状況下では、精霊たちが動揺したとしても、無理はないだろう」

「――そう、でしょうか……」

呟《つぶや》いて、アルティリアは〈カーバンクル〉を強く抱きしめる。

ウサギに似た始原の精霊《ワイルド・エレメンタル》は、困惑したようにアルティリアの顔を見上げた。

「しかし、たしかに〈人造精霊〉まで影響を受けているとなると、問題だな」

〈人造精霊〉は、都市の基幹部分の制御にも使われている。

同時多発的に不具合が発生すれば、戦術都市の機能が麻痺《まひ》しかねない。

「精霊の件は、叔父上にでも相談してみよう。なにか対策を打ってくれるはずだ」

「はい、そうですね」

叔父のアレクシオスは、強力な〈聖剣〉を授からなかったゆえに、貴族連中からは軽んじられているが、シャトレスは彼の研究者としての才能を認めている。

もっとも、フィレットの女狐《めぎつね》を愛人にしているのは、気に食わないが。

ふと、テーブルに視線を向けたアルティリアが、端末の画面に気が付いた。

「……姉様、それは？」

と、第十八小隊のプロフィール画像を見て訊《たず》ねてくる。

「ああ、彼女たちには、命を救われたからな……」

シャトレスは、少し照れたように指先に髪を巻き付けた。

「直接、礼をしに行きたいのだが、どうしたものか」

シャトレスが〈聖剣学院〉におもむけば、注目されて騒ぎになるのは明らかだ。

王族の立場ゆえ、学院側への通達などの手続きも必要になるし、先方にも迷惑がかかってしまうだろう。

「……うーん、それはそうかもですね」

そんな事情を伝えると、アルティリアは少し考えて、

「では、姉様のほうが、第十八小隊の皆様をご招待することにしては？」

「招待？　このエリュシオン学院に？」

「ええ、お菓子とお茶を用意して、ささやかなおもてなしをするんです」

「……ふむ、それは考えなかったな」

シャトレスのほうが出向くのが筋だと考えていたが、そういう形で礼をするのもいいか

もしれない。ただ、彼女は貴族の子女のように、お茶会など開いたことがない。

「アルティリア、お前はお茶会をよく開くのか？」

「はい、王族の嗜《たしな》みですし」

「……そうか」

シャトレスはうぬぬ、と唸《うな》った。

「その、わたしは、あまり勝手がわからないのだが……」

「はいはい、大丈夫ですよ。わたしも同席してあげますから」

「……そ、そうか、助かる」

「大好きな姉様のためですからね」

と、そこで、ふとシャトレスは気付く。

第十八小隊には、あの少年もいたはずだ。

「……ひょっとして、あの少年と会いたいのか？」

揶揄《からか》うように訊《たず》ねると、

「え？　えっと、それは、その……」

カアアッと顔を真っ赤にして、うつむくアルティリア。

（……やれやれ、わたしをだしに使うとは）

胸中で苦笑しつつ、シャトレスは肩をすくめるのだった。

◆

「……まったく。制服がしわだらけになってしまった」

〈第〇七戦術都市《セヴンス・アサルト・ガーデン》〉第Ⅵ区画――〈亜人特区〉の地下。

レオニスは渋面を作りつつ、通路を足早に歩いていた。

制服の上着は孤児院の子供たちにもみくちゃにされ、ほこりまみれだ。

途中でティセラが気を使ってくれたので、なんとか抜け出すことが出来たのだが――

「――ふむ、たしかに、〈転移門〉が閉ざされているな」

目的の場所まで来ると、レオニスは乱れた制服の襟をただした。

密《ひそ》かに建設を進めている、〈魔王城〉の入り口となる〈門〉だ。

〈聖剣学院〉に戻らず、ここに来たのは、〈狼魔衆《ろうましゅう》〉のレーナに報告を受けたからだ。

曰《いわ》く、〈魔王城〉と〈第〇七戦術都市〉を繋《つな》ぐ〈転移門〉が閉ざされ、行き来はおろか、通信もできなくなっている、とのことだった。

（……おそらく、これも次元転移の影響だろうな）

第八階梯《かいてい》魔術――〈転移門の創造《ディメンジョン・ポータル》〉は、もともと不安定な魔術だ。次元転移が発生した際、〈門〉の固定も解けてしまったのだろう。

レオニスは、その場に残された魔力の痕跡を探ると、〈封罪の魔杖《まじょう》〉の尖端《せんたん》で、なにもない空間を叩《たた》いた。

すると、空間に波紋が生まれ、姿見ほどの漆黒の鏡が出現する。

「――これでよかろう」

あっさりと〈転移門〉を復旧させると、レオニスは鏡の中に足を踏み入れた。

「――ほう、しばらく見ないうちに、随分と俺好みの内装になったな」

――〈魔王城〉の最深部。

玉座の間まで一気に転移したレオニスは、感心の声をあげた。

雰囲気は、〈死都《ネクロゾア》〉の〈デス・ホールド〉にある玉座の間と似ている。

周囲の石壁には不気味な彫刻がほどこされ、まるで棺《ひつぎ》の中にいるようである。

玉座は骨で出来ており、これもまたレオニス好みだ。

玉座の真上には、巨大なオーガの頭骨がぶらさがっている。両目には広間を煌々《こうこう》と照らす焔《ほのお》が灯《とも》り、口腔部《こうこうぶ》からは暗黒の霧が噴き出しているのだった。

（……これなら、ロゼリアも気に入るだろう）

レオニスは、骨の突き出した玉座に腰を下ろし、〈封罪の魔杖〉を立てかけた。

もっとも、十歳の少年の身体《からだ》には大きすぎるため、いまいち格好がつかないが。

（……座り心地は、あまりよくないな。背中に骨があたって痛い）

足を投げ出し、レオニスはパチリと指を鳴らした。
——と、椅子から伸びた影の中から、一体のスケルトン兵が現れた。
「我が配下の〈魔王軍〉に下達せよ。〈転移門〉が復旧したとな」
スケルトン兵はカタカタ顎を打ち鳴らすと、玉座の間から出て行った。
レーナの端末に一報を入れてもいいのだが、それでは魔王の威厳が損なわれる。
（さて、要件は済んだわけだが……）
取り立てて、早く学院に帰る必要はない。
（……〈魔王城〉建造の進捗具合を視察でもしていくか）
……と、そんなことを考えていると。
『——マグナス殿』
頭の中に、低く唸《うな》るような声が聞こえてきた。
ブラッカスの念話だ。
『ブラッカス、どうした？』
『報告がある。しかし、〈影の回廊〉が使えないのはやはり不便だな』
同じく念話で返すと、ブラッカスは忌々《いまいま》しそうに唸った。
『復旧の目処《めど》は立ちそうか？』
レオニスが訊《たず》ねると、

『ああ、報告というのはそのことだ――』

『ふむ?』

『〈影の回廊〉が、他の勢力の影に侵蝕《しんしょく》されている』

『なんだと?』

レオニスは眉をはね上げた。

『侵蝕、とはどういうことだ?』

『ただ寸断されただけではない。我々の築き上げた、〈影の回廊〉のネットワークが、より強力な影に取り込まれている、ということだ』

『……影を取り込むだと? 一体、何者が?』

レオニスは訝《いぶか》しげに首を捻《ひね》った。

〈影の回廊〉は、〈影の王国《レルム・オヴ・シャドウ》〉に伝わる、固有の秘術のはずだ。

〈影の王国《レルム・オヴ・シャドウ》〉を併合し、影の支配者となったレオニスでさえ、シャーリやブラッカスのように、自在に扱うことはできないのである。

『いまのところは、不明だ』

と、ブラッカスは答えた。

『だが、侵蝕する影の発生点は、すでに発見した』

『ふむ、どこだ?』

『〈帝都〉の中心部にある、〈エリュシオン学院〉と呼ばれる養成施設だ。その敷地の中から、〈影の回廊〉が蜘蛛《くも》の巣のように広がっている』

（――〈エリュシオン学院〉？）

……たしか、〈帝都〉の身分の高い王侯貴族が在籍する、〈聖剣士〉養成校だ。

『――何者かは知らぬが、我々の影を奪われて、黙っているわけにはゆかぬ』

ブラッカスがぐるる、と好戦的に唸《うな》った。

〈影の回廊〉は、ブラッカスとシャーリが苦労して張り巡らせたものである。

口調こそ冷静だが、内心は体毛が逆立つほど憤慨しているはずだ。

『そうだな。〈魔王〉の領地に手を出したからには、ただではすまさん』

レオニスは呟《つぶや》くと、パチリと指を鳴らす。

影の中から三体の〈影の死霊〉を呼び出した。

『〈影の死霊〉を三体貸そう。まずは、その〈エリュシオン学院〉を調査せよ』

『――ああ、わかった。潰してしまっても構わぬな』

『いや、まずは調査だけでいい、迂闊《うかつ》に手を出すな。俺が直接叩《たた》く』

レオニスは釘《くぎ》を刺した。ブラッカスが遅れをとるとは思わないが、相手の戦力が不明な以上、敵地では慎重に行動するべきだろう。

『――心得た。任されよ』

◆

「──愚かな敵だな。暴虐の黒狼帝《こくろう》の尾を踏むとは」

骨の玉座に腰掛けたまま、レオニスは何者かもわからぬ敵を哀れんだ。

怒りに燃えた黒狼は、〈不死者の魔王〉ほどに慈悲深くはない。

「しかし、〈影の回廊〉か。一体、何者が──」

──と、その時である。

「──魔王様、急ぎご報告が──」

レオニスの足元の影が、ゆらりと揺れ、メイド服姿の少女が頭を出した。

「……シャーリ？」

驚きの声を上げるレオニス。

「もう目覚めたのか──」

「はい、身体《からだ》の節々が痛くて戦闘は無理ですが、メイドの仕事でしたら問題ありません」

ズズズ、と影の中から現れ、スカートをつまんで一礼する。

メイドの仕事は普段から問題あるだろう、とは言わない、優しいレオニスである。

「そうか。ほかに、なにか身体に異変などはないか？」

「はい、いまのところは。ただ――」

「どうした？」

レオニスが気遣わしげに訊《たず》ねると、

「その、封印が解かれていた間、わたくしの中に、ラクシャーサ様の記憶、というか、感情が流れ込んできたのです」

「ふむ、ラクシャーサの記憶だと？」

レオニスは訝《いぶか》しむが、まあ、器として、あの〈魔神〉の魂を宿していたのであれば、そういうこともあるのかもしれない。

「あの、魔王様――」

と、シャーリは言いにくそうに口籠もり、

「ラクシャーサ様はなぜ、魔王様のことをあれほど恨んでいるのでしょうか」

「それは、俺が奴《やつ》の〈黄泉《よみ》の国〉を攻め滅ぼしたからではないか？」

恨むのも無理はあるまい、とレオニスは怪訝《けげん》な顔をする。

「……はい。それはそうなのでしょうが、わたくしが感じたのは、なんというか、それだけではないような、なんだか妙に親近感を感じるような感情で……」

「……？　なにが言いたいのだ」

「いえ、なんとなくなのですが、ラクシャーサ様は魔王様のことを――」

ごにょごにょと小声で呟《つぶや》くシャーリ。

「……どうした？」

「いえ、なんでもありません。どうかお聞き捨てください」

「……？」

……なんだかよくわからないが、まあ、いいだろう。

「ともあれ、お前には助けられた。あとで褒美を与えよう」

「――ありがたき幸せです、魔王様」

スカートの裾をつまみ、深々と頭《こうべ》を垂れるメイド少女。

「うむ。それで、報告とは何だ？」

訊《たず》ねると、シャーリはハッと顔を上げた。

「そ、そうでした！　こ、これをご覧下さい」

シャリーは足元の影から、ズズズ……と通信用の端末を取り出した。

学院から支給されている端末よりも、サイズが大きい。

「それはどうした？」

「アルバイトのお金で買いました。最新型らしいです」

「必要なものなら、〈魔王軍〉の資金を使っても構わんのだが」

「ええっと、あれ……これを、どうすれば……」

端末をぐるぐる回しはじめるシャーリ。

……魔導機器の扱いは、相変わらず苦手なようだ。

「あ、これ、これですっ！」

シャーリがバンッとレオニスの眼前に画面を向けた。

映し出されたのは、〈第〇八戦術都市《エイス・アサルト・ガーデン》〉上空の映像だ。

巨大な空の裂け目と、そこから這《は》い出してくる、無数の〈ヴォイド〉の群れ。

「これがどうしたのだ？」

「ここですっ、ここをご覧下さい！」

シャーリが画面の端を指差した。

「……っ⁉」

それを見た途端、レオニスはうっと呻《うめ》く。

不鮮明な映像ながら、空中にたたずむ仮面の〈魔王〉の姿が映り込んでいた。

「付近の撮影用ドローンは、ラクシャーサが吹き飛ばしたはずだが……」

「離れた場所にいた機体が、偶然生き残っていたようですね」

シャーリはジト眼《め》でレオニスを見た。

「報道で、ちょっと話題になってます」

「……ま、まあ、かまわぬ。そろそろ、〈ゾール・ヴァディス〉の名を人類に知らしめようと思っていたところだしな」

「そうでしたか。では、これはよしとしましょう」

「ん、なんだ、まだなにかあるのか？」

「――はい、この報道映像の最後です」

レオニスが画面を見続けていると、映像の最後にある文字が表示された。

「……っ、これは⁉」

今度こそ、レオニスは眼《め》を見開いた。

それは、この時代の人類にとっては、意味不明な記号に過ぎない。

だが、レオニスには、その意味が理解できた。

「どういうことだ？　この文字は、一〇〇〇年前の――」

画面に映し出されたのは、今の人類が知るはずのない、古代の文字。

魔王、交渉、求める――の意味を持つ単語の羅列だった。

「わかりません。しかし、何者かのメッセージであることは間違いないかと」

「ああ、そのようだな」

レオニスは顎に手をあてて考える。

この映像と合わせてきたことを考えて、メッセージを素直に読み取れば、〈魔王〉とは、ゾール・ヴァディスのこと。俺となにか交渉したいということか？

「魔王様、いかがいたしましょう？」

「……さすがに、無視はできんな」

レオニスは顔を上げて呟《つぶや》いた。

「――差し出がましいようですが、罠《わな》の可能性は？」

「かまわん、そうであれば、叩《たた》き潰すまでだ」

護衛として、シャーリの危惧は当然だ。

無論、罠の可能性はあるだろう。

しかし、罠を恐れて慎重になりすぎるのは、〈魔王〉の流儀ではない。

「承知いたしました。返答はどのようにいたしましょう」

「ふむ、そうだな……」

この報道局に、直接返答することもできるだろうが――

「せっかくだし、少し〈魔王〉らしい趣向をこらすとしようか」

◆

〈帝都〉の第Ⅳ接岸エリアは、〈第〇一戦術都市《キャメロット》〉と大陸をダイレクトに接続する、巨大な連結ブリッジの入り口だ。入り口には〈ヴォイド〉に対する防衛施設と入管所があり、救出した棄民《きみん》の受け入れなどを行っている。

その防衛施設の中に建つ、監視用の塔の上――

「……面倒なものね。一〇〇〇年前は王都だって、手形一つで通れたのに」

揺れるしっぽ髪を片手で押さえつつ、アルーレ・キルレシオは呟《つぶや》いた。

ハーフパンツに、〈斬魔剣〉クロウザクスと、小型の鞄《かばん》ひとつの身軽な出で立《い》ちだ。

〈狼魔衆《ろうましゅう》〉のレーナから、偽造の市民認証カードは貰《もら》っているが、現在は厳戒態勢中のため、許可の無い一般市民は外に出ることができない。

しかし、エルフにとっては、身を隠す魔術などお手の物である。

「――〈風よ〉」

精霊魔術を唱えると、周囲の空気が歪《ゆが》み、アルーレの姿が消える。

風の加護を纏《まと》い、エルフの少女は青空を滑空した。

視線の先に見据《みす》えるのは、広大な大森林。

――一〇〇〇年前は〈精霊の森〉と呼ばれていた場所だ。

始原の精霊《ワイルド・エレメンタル》とハイエルフ、獣人族の住まう森。

〈精霊王〉――エルミスティーガの支配する領地。

だが、その森の中心部に、まったく異質な存在が出現していた。

大地を裂くように走る、虚無の裂け目だ。

（……精霊たちがざわめいてる）
それは、精霊の声を聞くことのできる、エルフの直感だった。
あの裂け目の向こうで、強大ななにかが目覚めようとしている。
もし、それが〈魔王〉なのだとすれば――
（……〈魔王〉を滅ぼすのが、勇者であるあたしの使命！）
と――
クロウザクスの柄を握りしめ、アルーレはふわりとブリッジの上に降り立った。
ブオオオオオオオオオッ！
背後で、なにかの走ってくる音が聞こえた。
「……？」
振り向こうとした、瞬間。
――ドガッ！
全身に衝撃が走る。
アルーレの身体《からだ》はくるくると宙を舞い、ずべしっと地面に叩《たた》き付けられた。
「……っ、痛ったああああっ！」
打撲した尾てい骨をさすりつつ、起き上がるアルーレ。
「……っ、だ、大丈夫かい!?」

二輪ヴィークルを降りた少女が、あわてて駆け寄ってきた。

「大丈夫なわけないでしょ、なにするのよ……！」

「すまない、急に現れたものだから」

少女の言葉に、そういえば、とアルーレは思いあたる。

風の魔術で姿を消していたのだった。

「まあ、今回は許してあげるわ……って、あんた——咲耶《さくや》？」

少女の顔を見た途端、アルーレはハッとして眼《め》を見開いた。

白装束を着た、青髪の少女。

……彼女は、ちょっとした知り合いだ。

アルーレと互角に剣を交えることのできる凄腕《すごうで》の剣士で、なんの因果か、今はアルーレと同じ、〈魔王〉ゾール・ヴァディスの組織に入っている。

彼女のほうも、アルーレを見てああ、と気付く。

「——よかった。善良な一般市民を轢《ひ》いてしまったかと」

「……っ、あ、あんたね……」

ほっと安堵《あんど》する咲耶に、アルーレは剣呑《けんのん》な視線を向ける。

……まあ、たしかに、善良な一般市民ではないけれど。

「——っていうか、あんた、どうしてこんなところにいるのよ」

アルーレは怪訝《けげん》な顔で訊《たず》ねた。

すると、彼女は遠く、〈精霊の森〉のほうへ眼を向けて、

「うん、〈ヴォイド〉の裂け目を調査しようと思ってね」

「あんた一人で？」

「ああ。僕のわがままに、先輩達《たち》を巻き込むわけにはいかないからね」

「……っ⁉」

ほんの一瞬、彼女の全身から、殺気が放たれた。

同じ剣士であるアルーレでなければ、気付かぬであろう、わずかな殺気。

理由はわからないが、彼女は、あの〈ヴォイド〉と呼ばれる虚無の化け物共に、並々ならぬ憎悪を抱いているようだ。

「君こそ、どうしたんだい？」

「あたしも、あの裂け目を調べに行くところよ」

言って、アルーレはお尻のほこりをぱんぱん払った。

「〈魔王〉の命令？」

「まあ、そんなところよ」

……面倒なので、そういうことにしておく。

「それは奇遇だね。これもなにかの縁だ。一緒に乗っていくかい？」

咲耶《さくや》は、先ほど彼女を轢《ひ》いた二輪ヴィークルの後部座席を、ポンポンと叩《たた》く。

アルーレは少し考えた。

風の魔術を使えば、この乗り物より速く移動できる。

だが、この乗り物にのった上で風の魔術を使えば、更に早く移動できるだろう。

（……ま、正直、一人はちょっと不安だったし）

咲耶の剣の腕は、彼女も認めるところだ。裂け目の向こうで、〈ヴォイド〉の群れに襲《おそ》われた時も、頼りにすることができる。

「……それじゃ、お言葉に甘えるわ」

第四章　魔王の謁見

Demon's Sword Master of Excalibur School

「アレクシオス殿下、このような場所で、一体誰とお会いになられるのですか？」

「訊《き》くな、と言ったはずだが？」

「……はっ、も、申し訳ありません。しかし――」

「いいか、なにがあろうと、君達《たち》に責を負わせるつもりはない。ただ、君達は護衛としての役目をはたしてくれれば、それでいい」

〈第〇七戦術都市《セヴンス・アサルト・ガーデン》〉第Ⅵエリア――〈亜人特区〉。

その地下にある、物資運搬通路を歩く、三人の姿があった。

軍服に身を包んだ帝弟アレクシオスと、彼の信頼できる供回りの〈聖剣士〉が二人。

護衛の二人には、地下組織の大物と交渉する、とだけ伝えてあった。

仮にも王族が、地下組織の首魁《しゅかい》に会いに行くなど、それだけでもあり得ぬことだが、まさか、その相手が〈魔王〉かもしれない、などとは知るよしもないだろう。

（……まあ、不審に思うのも無理はあるまい）

とはいえ、まさか〈魔王〉を宮殿に呼びつけるわけにはいかないし、〈仮想霊子戦術都市《アストラル・ガーデン》〉の使用は、帝国上層部に気取《けど》られる心配があった。

通路を歩くアレクシオスの手は、わずかに震えていた。

――ゾール・ヴァディス。

〈魔王〉を名乗る者の力を、彼はすでに疑ってはいなかった。

アレクシオスは、息のかかった報道局に命じ、仮面の〈魔王〉の映った映像に、あるメッセージを付け加えた。

エドワルド公爵の研究資料にあった古代の文字を使い、〈魔王〉と交渉がしたい、という意味の文章を流させたのだ。ゾール・ヴァディスが、もし本当の〈魔王〉であれば、なにか反応があるだろうと踏んだのだった。

――返答は、数時間後。〈帝都〉の上空に現れた。

空を灰色の暗雲が覆い、突然、激しい大雨が降り出した。

稲光に驚き、アレクシオスが窓の外を見ると、驚くべき光景がそこにあった。

垂れ込める雲の間を、稲妻が駆ける。

彼は、すぐに気付いた。

――稲妻は、何度も同じ場所を奔《はし》っていた。

巨大な雲のキャンバスに描かれたそれは、古代文字だった。

我、交渉に応じる――と。

更に、稲妻の閃光《せんこう》による文字で、交渉の場所を指定してきたのだった。

〈魔王〉は、天候さえも自在に操ることができる。

ゾール・ヴァディスが、常識を超えた力を持っていることは間違いないようだ。

アレクシオスの額を、冷たい汗が流れた。

（……交渉の展開しだいでは、僕は生きて帰れないだろうな）

それどころか、ただの気まぐれで殺される可能性だってある。

だが、もし味方に付けることができれば――

（――〈聖剣〉に代わる、人類の希望になるかもしれない）

――と、その時。薄暗い魔力灯に照らされた通路の先で、異変が起きた。

地面の影が、突然、ぐにゃりと立ち上がったのだ。

「……っ、殿下、お下がりください！」

護衛の騎士たちが、前に進み出て〈聖剣〉を起動する。

「待て――」

アレクシオスは制止の声を上げるが――

「無礼者――」

ヒュンッ！

影の中から飛び出した鞭《むち》が、〈聖剣〉を素早く打ち据《す》え、粉砕した。

「……なっ!?」

立ち現れた影は、まるで漆黒のドレスのように、するりと地面に滑り落ちる。

そこに現れたのは、メイド服を着た、可憐《かれん》な容姿の少女だった。

「メ、メイド……？」

と、思わず、顔を見合わせる三人に──

「──わたくしは、我が主《あるじ》の使いです」

メイド姿の少女は淡々と告げる。

「そ、そうでしたか、これはご無礼を……」

メイドが出てきたことに面食らいつつも、アレクシオスはなんとか言葉を返した。

「我が主の命令で、お迎えに上がりました。申し訳ありませんが、護衛のお二人は、謁見の間にご招待することはできかねます」

「……な、なんだと、そんなことは承諾できん！」

「わたしたちは、殿下の近衛《このえ》騎士だぞ！」

二人の騎士がメイドの少女相手に声を荒らげる。

だが、少女はやれやれと肩をすくめ、

「あなたがたに謁見の資格はありません、どうかお引き取りを──」

「……ん、な、なんだ⁉　か、影が──」

「影に呑《の》み込まれるっ、うああああああああ！」

パチリと指を鳴らすと、影が二人を呑み込んだ。

「……っ、な、なにをしたんだ?」

「ご安心ください。殺してはおりません」

こともなげに答えると、メイド少女はふたたび指を鳴らし、

「――それでは、〈魔王城〉にご招待いたします」

「……っ、なっ……う、あああああああ!」

帝弟アレクシオスは、影の中にズブズブと呑み込まれる。

全身が泥に溺れるような感覚があって――

次の瞬間、彼の身体《からだ》は固く冷たい地面に投げ出された。

(……っ、い、一体、何が!?)

「いつまで目を閉じているつもりですか?　魔王様の御前《ごぜん》ですよ」

頭上からかけられた、冷厳とした声に――

アレクシオスは、ゆっくりと瞼《まぶた》を開く。

「あ……」

……そこは、先ほどまでいた地下通路ではなく、広大な広間だった。

壁には燭台《しょくだい》の炎が揺れ、彼の影を不気味に照らしている。

おぞましくも奇怪な生物の像が彫られた、石造りの壁。

あたりには、瘴気《しょうき》のような霧が立ちこめている。

（な、なんだ、ここは……移動させられたのか、あの一瞬で!?）

混乱しながらも、アレクシオスは明晰《めいせき》な頭脳をめまぐるしく回転させる。

……このメイドが、〈聖剣〉の力を使ったのだろうか？

それとも、なにか別の——

「頭《ず》が高いです、人間——」

「……！」

冷淡なメイドの口調に、ひやりとする。

……この少女は、ただのメイドなどではない。

圧倒的な力を持つ、上位の捕食者だ。

「——よい、顔をあげるがいい」

と、頭上から、別の声が聞こえた。

謁見の間に、殷々《いんいん》と響く声。

「……」

アレクシオスが、おそるおそる、顔を上げると——

広間の奥に階段があり、その頂上に、骨の玉座があった。

玉座の上に、髑髏《どくろ》の王が座していた。

〈〈魔王〉――ゾール・ヴァディス〉

体の震えを必死で抑えようとしながら、胸中で、その名を口にする。

「我の前で名を名乗ることを許そう、恐れを知らぬ人間よ」

仮面の奥の眼窩《がんか》が赤く輝くと、広間の空気がビリビリと震えた。

（……嗚呼《ああ》、僕は、本当に生きて帰れないかもしれないな）

激しい後悔の念が、胸の内を去来する。

それでも、彼は覚悟を決めた。

「お初にお目に掛かります、魔王陛下」

片膝をつき、アレクシオスは完璧な貴族の礼をしてみせた。

精一杯の虚勢ではあるが、それは意地だった。

「私は〈統合帝国〉皇帝の実弟、アレクシオス・レイ・オルティリーゼと申します」

◆

髑髏の仮面の奥で、レオニスは彼の器を推し量るように、じっと見据《みす》えた。

実のところ、名乗られるまでもなく、彼のことは知っていた。

彼と護衛二人が、こちらの指定した場所の近くに現れた時点で、待ち伏せしていたシャーリが顔を照合し、簡単な資料を送って来たのだ。

すぐに謁見の間に招待せず、わざわざ地下通路を歩かせたのは、〈転移門〉の場所をわからなくするというほかに、資料を調べるための時間稼ぎの意味もあった。

まあ、資料といっても、一般のネットワーク上で手に入る情報でしかないのだが。

帝弟――アレクシオス。

現皇帝アルゼウス・シダー・オルティリーゼの実弟であるが、その身に強力な〈聖剣〉を宿さなかったため、〈聖剣士〉の道を選ばず、研究者となった。

〈帝国〉では、〈ヴォイド〉と戦う力を持たぬ王族に、権力は与えられない。

（血筋だけはいい、王家の厄介者といったところか）

彼の正体を知った時は、正直、落胆した。

いっそ、罠《わな》であったほうがマシだったとも言える。

あの古代文字を使い、接触してきたということは、〈魔王軍〉の残党か、少なくとも、レオニスと同じ一〇〇〇年前の存在である可能性を考えていたのだ。

（……それが、ただの人間とはな）

ともあれ、まったく興味がないではない。

この男が古代文字と〈魔王〉のことを知っていた、というのは事実だ。

それに、仮にも現皇帝の肉親であれば、〈統合帝国《インペリアル》〉に関わる機密や、政治に関する情報も、ある程度は握っていることだろう。

「起立をゆるそう、アレクシオス」

「魔王様、それは――」

シャーリが言葉を発しようとするのを、レオニスは片手で制した。

「よい。無論、対等ではないが、王族には敬意を払おう」

「……ありがたく存じます、魔王陛下」

アレクシオスは深々と頭を下げると、ゆっくりと立ち上がる。

端整な顔立ちの優男《やさおとこ》だ。少なくとも、剣を取って戦う男の顔ではない。

だが、その翡翠《ひすい》色の瞳には、悲壮な覚悟が見て取れた。

(……王族ということは、一応、レギーナの叔父にあたるのか)

瞳の色を見て、いまさらながらに思い出した。

(……では、あまり無下にもできないな)

なんだかんだ、レギーナには、いろいろと世話になっているレオニスである。

「魔王陛下、お話の前に、陛下に献上したいものがございます」

と、アレクシオスは一礼して言った。

「ほう、よかろう。見せてみよ」

なかなか礼儀をわきまえているではないか、とレオニスは鷹揚《おうよう》に頷《うなず》いた。

「なにぶん急なことで、秘密裏の会談ですので、おおがかりな贈り物は用意できなかったのですが、大変貴重で珍しいものをお持ちしました」

彼は胸のポケットから、小さな宝石箱を大切そうに取り出した。

「ふむ、シャーリ、ここへ」

「は――」

小箱を受け取ったシャーリが、階段を歩いてレオニスのもとに来る。

「ドーナツでしょうかっ？」

「違うと思うぞ……」

ヒソヒソ声で囁《ささや》くシャーリに、レオニスは小声で返した。

箱を開けると、中に入っていたのは、小さな銀色のアミュレットだった。

「……これは？」

「以前に古代の遺跡を発掘した際、出土した品です。ほぼ完全な形で発見されるのは珍しく、わたしのコレクションの中でも群を抜いて貴重な――」

アレクシオスの話を聞き流しつつ、レオニスはアミュレットを弄んだ。

（……第二階梯《かいてい》の魔術を使える護符か。まあ、貴重といえば貴重だが）

レオニスにとってはガラクタ同然の代物《しろもの》だ。こんな護符などより、はるかに強力な古代の魔導具が、〈影の王国《レルム・オヴ・シャドウ》〉の宝物庫にはいくらでもある。

「魔王様、これって、ゴ……」

「言うな、シャーリ。この時代では、たしかに貴重なものなのだろう」

レオニスは、アミュレットを足元の影に放り込んだ。

「素晴らしい贈り物に感謝しよう、アレクシオスよ」

「は、きっと喜んでいただけると思っておりました」

少し得意げな表情になり、頭を下げるアレクシオス。

レオニスは、ゾール・ヴァディスの仮面の下で、こほんと咳払《せきばら》いして、

「では、話を始めるとしよう。まず、我からお前に聞きたいことがある」

「……な、なんでしょうか、魔王陛下」

アレクシオスの表情がこわばった。

「お前は、〈魔王〉の存在をどこで知った？　それに、あの古代文字だ。我の知る限り、どちらもお前たち人類の歴史からは消えているはずだが？」

髑髏《どくろ》の眼窩《がんか》に、禍々《まがまが》しい光をたたえて問う。と、

「畏れながら、魔王陛下。わたしは研究者として、世界の各地にある、古代遺跡の発掘に携わってきました。先ほどお送りした品も、その発掘の時に手に入れたものです」

「……なるほど。遺跡の調査か。リーセリアと同じ専門だな」

「リーセ？」

「……いや、なんでもない」

自慢の眷属《けんぞく》の名をつい口に出してしまい、レオニスはあわてて誤魔化した。

「古代遺跡の調査中に、〈魔王〉に関するものを発見した、というわけか」

〈魔王〉と〈六英雄〉の伝承は絶えているが、以前おとずれた〈死都《ネクロゾア》〉の遺跡には、レオニスを讃《たた》える文字が石像に遺《のこ》されていた。不完全ながらも、リーセリアに読み解かれ、あやうく〈魔王〉の正体がばれるところだったのである。

「いえ、〈魔王〉の存在そのものは、以前から知っておりました」

「……どういうことだ？」

レオニスは眼光を鋭くして訊《たず》ねる。

「わたしの旧友であり、師であった者が、すでに〈魔王〉に関する研究をしていました。優れた〈聖剣〉の騎士であった彼は、〈ヴォイド〉から故国を守る戦いに身を投じ、命を落としたのですが、その研究の一部をわたしが引き継いだのです」

「……ふむ」

話を聞いて、レオニスの脳裏に閃《ひらめ》く人物の名があった。

「それは、エドワルド・クリスタリア公爵のことか？」

「……っ、な、なぜそれを!?」

アレクシオスは眼《め》を見開いて、動揺の気配を見せた。

「愚か者、我は〈魔王〉。すべてを見通す者なるぞ！」

「は――お、畏れいりました、陛下！」

恐縮してたじろぐアレクシオス。

クリスタリア公爵が、〈魔王〉の研究をしていたことを知っていたのは、ただの偶然なのだが、はったりを利かせておくのも悪くないだろう。

髑髏《どくろ》の仮面の奥で、悪い微笑を浮かべるレオニスである。

「まあよい。お前が太古の〈魔王〉のことを知っている、その理由はわかった。それで、我に接触してきたのはなぜだ。ただの興味本位か？」

「め、滅相もございません、魔王陛下。わたしは、人類のために、魔王陛下の――ゾール・ヴァディス様の力をお借りしたいのです！」

「――ほう」

と、レオニスは面白そうに嗤《わら》った。

「偉大なる我が力を、人間如《ごと》きのために振るえというのか？」

「……っ!?」

ほんのわずか、死の気配を解放すると、アレクシオスの全身が震えた。

その場で跪《ひざまず》きそうになるが、なんとか踏みとどまり、彼は言葉を発した。

「じ、人類は、〈ヴォイド〉という、未曾有《みぞう》の脅威に脅かされ続けています。六十四年前に、最初の虚無の侵攻があって以来、多大な犠牲を出しながら、なんとか生存圏を維持してきましたが、もはや〈聖剣〉の力だけでは、〈ヴォイド〉に対抗することはっ――」

〈魔王〉の放つ気配に気圧《けお》されぬよう、必死に声を張り上げる。

（……ふむ。手加減しているとはいえ、死の気配を受けながら、立ち続けるか）

レオニスは、この男の人物評を見直した。

優男《やさおとこ》のような外見に似合わず、胆力はあるようだ。

だが、レオニスは更に問答を続ける。

「お前は、〈魔王〉がどのような存在か、知っているのか？」

「ま、魔王……は、じ、人類の敵、世界に破壊と混沌《こんとん》をもたらす存在、と――エドワルド公爵の研究資料には、ありました」

「その通りだ。我は〈魔王〉、お前たち人類に力を貸してやる道理はあるまい」

「で、ですがっ、〈ヴォイド〉は、あなたにとっても脅威のはずだ！」

アレクシオスは、恐怖を打ち消すように、声を振り絞った。

「まあ、たしかに、あの害虫どもは目障《めざわ》りだな。ふむ――」

アレクシオスがハッと顔を上げる。

レオニスは少し考えるような仕草を見せて、

「しかし、なかなかに強欲なものだな、人間というものは。生き残るためには、かつて世界を滅ぼそうとした〈魔王〉の力さえ利用しようとするとは」

仮面の奥で、自嘲するように嗤《わら》った。

「英雄や勇者にすがり、そして次は〈魔王〉にすがる」

胸中をよぎるのは、聖剣の勇者、レオニス・シェアルトと呼ばれていた頃のことだ。

──一〇〇〇年前、〈六英雄〉として、〈魔王〉ゾール・ヴァディスを滅ぼした後、邪魔になった勇者レオニスを、人間たちは裏切り、殺した。

そしていま、今度は〈魔王〉レオニスの力にすがろうとしている。

「魔王陛下、わたしは──」

「──いや、よい。お前には関係のないことだ」

レオニスは首を振ると、やれやれと肩をすくめた。

(頃合いか……)

帝弟の顔は、みるみる血の気を失っていく。

これ以上、恐怖のオーラを与え続ければ、本当に気を失ってしまいそうだ。

「そうだな。力を貸してやってもよいぞ、勇敢な人間よ」

「……!?　ほ、本当……でしょうか、陛下」

恐る恐る、玉座を見上げて訊《たず》ねてくるアレクシオス。

「まあ、お前の差し出す対価しだいではあるがな」

レオニスは鷹揚《おうよう》に頷《うなず》いた。

無論、アレクシオスの嘆願に心を動かされたから、ではない。

〈ヴォイド〉は〈魔王軍〉再興の野望を阻む障害であり、レオニスの所有物である〈第〇七戦術都市《セヴンス・アサルト・ガーデン》〉を脅かす敵だ。もともと最優先の殲滅《せんめつ》対象なのである。

それに、〈ヴォイド〉の裏で暗躍する連中も始末しなくてはならない。

もっとも、そのことをこの男に告げる義理などないが。

(……せいぜい、利用させてもらうこととしよう)

レオニスはくっと嗤《わら》い、髑髏《どくろ》の眼窩《がんか》に、真紅の焔《ほのお》を灯《とも》した。

「そう身構えるな。お前の魂を喰《く》らうわけではない」

レオニスの邪悪な嗤いが広間にこだまする。

「た、対価……」

「……っ!?」

「そうだな。まずは、情報が欲しい」

「情報……？」

「我は復活してから、まだ日が浅いのでな。この世界の知識が足りぬのだ。この時代の様々な書物に眼《め》を通したが、どうにも分からぬことがある。王家の人間であれば、なにか一般の民の知らぬことも、いろいろ知っているのではないか？」

「……わ、わたしに答えられることであれば、なんなりと」

アレクシオスは息を呑《の》む。

「うむ、ではまずひとつ、この世界の魔導技術に関してだ。多くの者は自然に受け入れているようだが、人類が、わずか数十年の間に、このような高度な魔導技術を獲得したのは不可解だ。とくに、この〈戦術都市〉だが、何者かの技術供与があったのか？」

「……」

「もう一つは、〈聖剣〉のことだ。我の時代に、こんな力は存在しなかった。〈人類教会〉の連中は、星の力などと嘯《うそぶ》いているようだが、本当のところはどうなのだ？」

しばしの沈黙があった。

アレクシオスは少し、迷うような素振りを見せたが――

「――わかりました、魔王陛下には、すべてお話ししましょう」

覚悟を決めたように、口を開いた。

第五章　聖剣の秘密

「魔王陛下、これからお話しするのは、〈統合帝国《インペリアル》〉の重要機密です」

と、アレクシオスは前置きした。

「――ああ、そうであろうな」

「どうか、陛下の御心《おこころ》のうちにのみとどめて頂きたく――」

「わかっている」

と、レオニスはかたわらに控えるシャーリを見て、

「このメイドは我が忠実な右腕だ。俺の許可無しに、勝手に吹聴するようなことはせん」

……勝手にお菓子は買ってくるがな、と胸中で付け加える。

「――は、承知いたしました」

アレクシオスは深々と頭を下げた。

「では、まず先に、この異常な魔導技術の発展に関して話してもらおうか」

「いえ、魔王陛下。じつは、急速な魔導技術の進化と、人類が〈聖剣〉を授かったことは、密接に関連した出来事なのです。ですので、公にはされていない、これまでの人類の歴史を、ご説明させていただいてもよろしいでしょうか」

レオニスは続けろ、というように軽く頷《うなず》く。

アレクシオスは、自身を落ち着かせるように深呼吸して、話しはじめた。

「まず、お話しなくてはならないのは、我々が遡ってたどることのできる歴史は、せいぜい七〇〇年ほどの年月だということです。それ以前の歴史は暗黒史と呼ばれ、稀《まれ》に発掘される遺跡などから、その痕跡をおぼろげに知ることしかできません」

「七〇〇年前、か――」

仮面の奥で呟《つぶや》くレオニス。

レオニスが〈聖剣学院〉の図書館で手に入れた本は、最も古いもので、二〇〇年ほど前のものだ。それ以前の時代について書かれた書物は確認できなかった。

「七〇〇年前に、なにがあった？」

「わかりません。今の我々が歴史をたどれるのが七〇〇年前というだけで、それよりもっと前の時代に、なにかがあったのかもしれません。それまでの歴史を完全に消し去ってしまうような、想像を絶するような、破滅的な災厄が――」

地が割れたのか、あるいは天の星々が墜《お》ちたのか――

あらゆる生命体が消え去り、魔王と英雄、数多《あまた》の神々の伝説が忘れ去られるような天変地異が、レオニスが封印された後の時代に起きたようだ。

「それから時が経《た》ち、五〇〇年ほど前、その破滅的な災厄を生き延びた、ごくわずかな人類が、文明と都市国家を再び甦《よみがえ》らせたのです。そして、その更に一〇〇年後、〈人類統合帝国《インペリアル》〉の中心となる旧オーダイン帝国の、更に前身となる三王国、カイマール、オルティリーゼ、ラインベルの三国家が建国されました」

「──それが、今の三王家の始祖、というわけか」

「その通りです、魔王陛下」

「オルティリーゼの血筋は、たしか、精霊と交感できるのだったな」

「よくご存じで。三王家の血筋は、古代の巫女《みこ》の流れを汲むといわれております。わたしも一応はその力を受け継いでおりますが、同じオルティリーゼの血統でも、不思議なことに、男の力は微々たるものなのです」

「そうだな。俺の時代にも、強力な精霊使いは、姫巫女が多かった」

レオニスが何気なく呟《つぶや》くと、アレクシオスは息を呑《の》む。あらためて、目の前にいる存在が一〇〇〇年前の〈魔王〉であることを、思い出したのだろう。

「話を戻すとしよう。人類の魔導技術はその頃から発展をはじめたのか？」

「いいえ、その時代の人間たちは、石造りの都市に住み、魔導機器ではなく、魔力を魔術という形で使っていたそうです」

「ふむ、では俺のいた時代と、文明技術はそれほど変わらぬな」

「──それからしばらくは、大陸に無数の国家が乱立し、戦争の時代が続きました。変化が訪れたのは、二〇〇〇年ほど前。各地に、星の声を聞く者たちが出現したのです」

「……星の声だと？」

　レオニスは怪訝《けげん》そうに訊《き》き返した。

「その時代、同時多発的に突然現れたその者たちは、星に選ばれたと主張し、様々な預言をしたそうです。はじめのうち、星の声を聞く者たちは、人々に崇拝され、あるいは人心を乱す存在として、国家に迫害されました。しかし、人々はすぐに気付きました。星の声を聞く者たちが、不思議な異能の力を宿しはじめたことに」

「異能の力？　まさか――」

「はい、その異能の力こそが、わたしたちが〈聖剣〉と呼ぶものの正体です」

「……俺の知る話とは違うな」

　レオニスは興味深げに呟いた。

「〈聖剣〉は、六十四年前に〈ヴォイド〉が出現したのと同時に、人類の中に目覚めたのではなかったか？」

「それは、ある意味では正しいのです、魔王陛下。なぜなら、星の声を聞いた者たちに宿った〈聖剣〉は、現在の〈聖剣士〉のものに比べると、とるに足らないごくわずかな力でしかなく、武器の形でさえなかったようなのです」

「――その時点では、まだ〈聖剣〉と呼べるほどの力ではなかった、ということか」

「その通りです」

アレクシオスは頷《うなず》いて、

「年月が経《た》つにつれ、星の声を聞く異能者たちは、徐々にその数を増やしていきました。そして、ある時。異能者たちは、大陸各地で同じ声を聞いたのです」

――記録によれば、それは、空に禍々《まがまが》しく、赤い〈凶星〉が現れた日だという。

その声は、預言として、異能者たちの脳裏に鳴り響いた。

二〇〇年以内に、人類の脅威となる存在が現れ、世界は滅亡する、と。

レオニスは仮面の中で、眼《め》を見開いた。

「それは、つまり――〈ヴォイド〉の出現は、すでに予見されていたと？」

「……そうです。そして、時を同じくして、一部の異能者たちの中に、膨大な未知の知識が流れ込んで来たのです」

「未知の知識――」

「それこそが、異常に発達した魔導技術の基礎理論。本来であれば、数百年、あるいは数千年の歴史を積み重ねて、ようやく到達し得るような膨大な叡智《えいち》が、突然、人類にもたらされたのです――」

そして、その知識によって、人類の魔導技術は爆発的な進化を遂げた。

同時に、未来におとずれる破滅的な脅威に備えるため、旧帝国の賢者たちは、〈戦術都市計画〉を発足させた。

〈魔力炉〉を製造し、魔導機器による産業革命を推し進め、防衛機構を発達させた。

「更に、異能の力が継承されることを知った帝国は、異能者を血縁させることで、その力を強化する計画を進めました。こうして生み出されたのが〈聖剣士〉の血統」

「貴族の中に、〈聖剣〉の力を発現する者が多いのは、そのためか――」

レオニスは、なるほど、と頷く。〈聖剣士〉の多くは、数世代をかけた血統の操作によって生み出された存在だった、というわけだ。

「――そして。六十四年前。〈ヴォイド〉の侵攻と共に、〈聖剣〉の力は覚醒しました」

アレクシオスの声が、謁見の間に響きわたる。

「以降の歴史は、魔王陛下もご存じの通りです。〈ヴォイド〉の出現以降、〈聖剣〉の力に目覚める者は爆発的に増え、〈ヴォイド〉と戦い続けてきた。ですが今、人類は存亡の危機に陥っている――」

玉座に座るレオニスを見つめ、アレクシオスは話を締めくくった。

「これが、わたしの知るすべてです」

……――。

長い沈黙ののち。レオニスはようやく、声を発した。

「……よかろう。お前の話に嘘《うそ》はないようだ」

「……？」

　レオニスは、漆黒のローブの下から、淡く輝く水晶の髑髏《どくろ》を取り出した。

「これは、嘘《うそ》に反応して嗤《わら》う、古代の魔導具だ。賢明であったな、もしお前がひとつでも嘘を口にしていれば、この骨の玉座の一部となっていたところだ」

「……っ⁉」

「なかなか有益な情報だったぞ。感謝しよう」

「――は」

　滝のような汗を流し、平伏するアレクシオス。

〈ヴォイド〉の正体、七〇〇年以上前に、世界を破滅させた災厄。それに、星の声とはなんなのか、気になる謎は残るが、それはこの男も知らぬことだろう。

　レオニスは満足げに頷《うなず》くと、玉座から立ち上がる。

「帝弟アレクシオスよ、お前とはよい友人となれそうだ」

「で、では――！」

　アレクシオスがハッと顔を上げる。

「たしかに、〈ヴォイド〉は目障《めざわ》りだ。人類の存亡などに興味はないが、お前の差し出す対価しだいでは、偉大なる〈魔王〉の力を貸してやってもよい」

「……あ、ありがとう、ございます！」

アレクシオスは再び平伏した。

「わ、わたしに用意できるものでしたら、すべて魔王陛下に捧げましょう」

「ほう、そうだな――」

と、レオニスは顎に手をあてた。

「差しあたっては、〈魔王軍〉の装備を調えるための軍資金。それと、領土の割譲だ」

「りょ、領土……ですか？」

「そうだ。魔導技術の粋を集積した、お前達《たち》の〈都市〉は素晴らしい」

「ま、まさか、戦術都市を割譲せよ、と……？」

「なにも、帝都〈キャメロット〉を割譲せよとは言わぬ。ちょうど、〈ヴォイド〉の出現によって破壊された、無人の都市があるだろう」

「……〈第〇八戦術都市《エイス・アサルト・ガーデン》〉を？」

アレクシオスは喘《あえ》ぐように、口をぱくぱくさせる。

「あるいは、建造中の〈第〇九戦術都市《ナインス・アサルト・ガーデン》〉でもかまわんぞ」

「だ、だめだっ……いえ、それは、無理です、魔王陛下。それに、わたしにそのような権限はありません」

「――冗談だ」

レオニスはくつくつと嗤った。

「お前に頼まずとも、奪おうと思えば、いつでも奪える」

「……！」

アレクシオスは歯を食いしばった。

「……そうだな、軍艦だ」

「ぐ、軍艦……ですか」

「ああ、俺の持っている〈骸骨船《ワイルドハント》〉は、外観は素晴らしいのだが、いまひとつ実用性に欠けるのでな。最新の魔導技術を使った船が欲しい」

「軍艦……軍艦、か……」

脂汗を流しつつ、アレクシオスは考え込んだ。

「一隻くらいなら、軍に手を回して、秘密裏に手配できるかもしれません」

「――ほう、そうか」

レオニスは鷹揚《おうよう》に頷《うなず》いて、

（……ほ、本当か？　この男、意外と権力があるのか？）

内心では驚きつつ、快哉の声を上げていた。

最初に無理難題を吹っかけることで、有利な交渉をしようと思っていたのだ。

なんなら、シャーリのために、ドーナツ一年分とかで手を打つことも考えていた。

「たとえば、〈ハイペリオン〉などは――」

「……っ、あ、あれは無理です、どうかご勘弁ください、魔王陛下」

アレクシオスは、あわてて首を横に振った。

「あの船は、王家の専用艦にして、人類の希望の象徴。それに、船の性能を完全な形で発揮するには、王家の精霊とアルティリアの力が必要です」

「ふむ、まあいい。それなら、普通の軍艦でよかろう」

レオニスはバッと漆黒のローブをひるがえし、

「では、交渉は成立だな。我が盟友、アレクシオスよ。〈魔王〉ゾール・ヴァディスの名にかけて、約束通り、お前が望む時に力を貸してやろう」

「――は、か、感謝します、魔王陛下！」

床に額をつけるアレクシオス。

「――シャーリ、彼を地上にお送りしろ。丁重にな」

◆

「ふう……」

シャーリとアレクシオスが、影の中に消えた途端。

レオニスはゾール・ヴァディスの髑髏《どくろ》の仮面を外し、吐息をこぼした。

同時に、〈幻魔の外套《がいとう》〉がするりとほどけ、影の中に溶け込む。

十歳の少年の姿に戻ったレオニスの脚が、玉座からぶら下がる。

「ふっ、やはり悪くないな。あれが本来の〈魔王〉というものだ……」

〈魔王〉に恐怖を抱くアレクシオスの反応に、レオニスは上機嫌だった。

……普段、リーセリアやレギーナに膝枕をされたり、気ままに抱き枕にされたりしているのは、なにかの間違いなのだ。

なんにせよ、王家の中に協力者ができたことは幸運だ。

たいした〈聖剣〉の力は持っていないようだが、なかなか優秀な男のようである。

〈聖剣〉に関する情報も、レオニスにとっては、それなりに有用なものだった。

ただ、肝心なところは、まだわかっていない。

レオニスの時代の文明が滅んだ、災厄の原因。

そして、人類に〈聖剣〉の力を与えた、星の声——

〈俺に〈聖剣〉が宿った時は、声など聞こえなかったが……〉

リーセリアが〈聖剣〉を顕現させた時も、なにか声を聞いた、という話は聞かない。

レギーナやエルフィーネ、咲耶《さくや》もそんな話はしていなかった。

〈……声、か〉

ふと、思いあたり、レオニスは自身の右手に眼《め》を落とした。

次元転移した先の異世界で聞こえた、ロゼリア・イシュタリスの声。その声に導かれた先に、なぜか、獣王ガゾス＝ヘルビーストの〈鉄血城《アイゼン・フォート》〉の廃墟《はいきょ》があった。

そして、地下にあった、〈女神〉の祭壇に触れた時、虚無の瘴気《しょうき》が溢《あふ》れ、レオニスの右手に呪詛《じゅそ》のような紋様を焼き付けたのだ。

あの奇怪な紋様はすでに消えているが、シャダルクと交戦した時、レオニスは〈聖剣〉を使うことができなかった。

「……」

レオニスは右手をぐっと握り、前に突き出した。

「聖剣〈EXCALIBUR.XX《エクスキャリバー・ダブルイクス》〉――アクティベート」

起動の言葉を発するが、やはり、〈聖剣〉は現れない。

（俺が聞いた彼女の声は、一体、なんだったんだ……？）

右手の甲を睨《にら》みつつ、そんなことを考えていると。

ピピピピピ、となにやら軽快な電子音が鳴り響いた。

「……？」

胸ポケットの端末を確認すると――

『レオ君どこにいるの？』『連絡してね♪』『レオ君？』『……誘拐されてない？』

などと、過保護な眷属《けんぞく》のメッセージが送られていた。

（……これは、早く戻ったほうがよさそうだな）

◆

アレクシオス・レイ・オルティリーゼが眼《め》を覚ますと、そこは森の中だった。
陽《ひ》はすでに落ちかけて、薄暗い。
「……っ、ここは……〈亜人特区〉の森か？」
あたりを見回すと、護衛に連れてきた二人の〈聖剣士〉が地面に転がっていた。
……息はしている。眠らされているだけのようだ。
軽く頭を振り、半身を起こす。指先は、恐怖で小刻みに震えていた。
（……〈ゾール・ヴァディス〉か。奴《やつ》は、本物だ。本物の〈魔王〉だ……）
エドワルド公爵の研究資料に存在しなかった、知られざる〈魔王〉。
――対峙《たいじ》してわかった。あれは、人類が御せるような存在ではない。
（……エドワルド公爵、我々は、本当に正しかったのでしょうか？）
〈ヴォイド〉の脅威に対抗するため、人類を守るためとはいえ――
最悪の怪物と手を結んでしまったのではないか……？
そんな不安が、彼の胸の内を、黒々と染め上げるのだった。

◆

「――くそっ、役立たずどもめ」

〈第〇八戦術都市《エイス・アサルト・ガーデン》〉港湾区画。海底で採掘した、鉱物資源を貯蔵する倉庫街。

仕立ての良い、白いスーツを着た青年が、口汚い罵りの声を上げた。

フィンゼル・フィレット。〈帝都〉最大の企業、フィレット財団の御曹司《おんぞうし》だ。

彼はこの場所に、あるものを探しに来ていた。

現在、〈聖剣剣舞祭〉の舞台となった〈第〇八戦術都市〉は完全に封鎖されており、軍の関係者以外は、立ち入ることはできない。

あたりに、人の気配はなかった。

午後に突然降りはじめた雷雨は止《や》み、日は没しようとしている。

空には、血のように赤い空を覗《のぞ》かせる、巨大な虚空《こくう》の裂け目がある。

まるで、この世界を見下ろす巨大な眼のようだ。

「忌々《いまいま》しい。邪魔が入らなければ、俺は……」

〈使徒《アポストル》〉の第九位。闇の巫女《みこ》、イリス・ヴォイド・プリエステスによる、〈第〇八戦術都市〉の魔力炉を利用した〈虚無転界《ヴォイド・シフト》〉。

それが成れば、〈帝都〉周辺の領域は、〈虚無世界《ネザー・ヴォイド》〉に上書きされるはずだった。

（……だが、なにかが計画を妨害した）

フィンゼル・フィレットは苦々しく呻《うめ》く。

副次的な現象として、虚無の裂け目は生まれたが――

完全な形での〈虚無転界《ヴォイド・シフト》〉には失敗した。

イリス・ヴォイド・プリエステスは何者かに滅ぼされ、フィンゼルが〈聖剣剣舞祭〉に送り込んだ〈アカデミー〉の部隊は全滅した。

「くそっ、なぜだ、なぜ計画通りにいかない……！」

悪態をつきながら、〈魔剣〉の反応を探る。

〈第〇四戦術都市《フォース・アサルト・ガーデン》〉代表として送り込まれた〈アカデミー〉の魔剣蒐集《しゆうしゆう》部隊。

その目的は、〈聖剣剣舞祭〉のために選《よ》りすぐられた、各校の優秀な聖剣使いを殺し、その力を〈魔剣〉となして、〈魔力炉〉を暴走させるための贄《にえ》とすることだった。

計画は失敗したが、蒐集した〈魔剣〉は回収し、証拠を隠滅しなければならない。

彼がここに来た役目は、つまるところは、ゴミ漁《あさ》りのようなものだった。

「〈桜蘭《おうらん》〉の狂犬め……」

フィンゼルは忌々《いまいま》しげに吐き捨てる。

彼は以前、〈剣鬼衆《けんきしゆう》〉と呼ばれる〈桜蘭〉の武装集団を配下に従えていた。

あの連中もイカレた狂犬どもだったが、聖剣学院の青髪の剣士ほどではない。

咲耶《さくや》・ジークリンデは、たった一人で、〈ヴォイド〉化段階まで進んだ〈アカデミー〉の魔剣使いの集団を全滅させたのだ。

（計画が成功すれば、俺は〈女神〉の〈使徒《アポストル》〉になれた、はずなのに）

――〈使徒《アポストル》〉。虚無の世界を統べる、〈女神〉の福音を告げるもの。

自分の存在を認めさせたかった。世界に。そして、偉大なる父に。

十二歳の時、彼の授かった〈聖剣〉の力を見た世間は、落胆した。

それは、〈ヴォイド〉と戦うには役に立たない力だったのだ。

フィンゼルは世界を憎んだ。

星に祝福され、優秀な〈聖剣〉を授かった、兄と末の妹を――

だが、もう〈聖剣〉は必要ない。

〈女神〉の〈使徒〉に召されれば、あの父をも超えることができる。

彼は、虚空《こくう》の裂け目を見上げた。

「もうすぐ、もうすぐお迎えに上がります、我が〈女神〉よ――」

――その時。彼の耳元をなにかが擦過した。

同時、目の前の地面が弾《はじ》け、破片が散る。

「……？」

振り向くと、そこに――

軍用の拳銃をかまえた、黒髪の少女の姿があった。

「次はあてるわ、兄さん――」

拳銃を構えたまま、エルフィーネ・フィレットは冷たく告げた。

◆

〈レイ・ホーク〉の銃口を突き付けたまま、エルフィーネは兄と対峙《たいじ》した。

海側から吹く風が、彼女の艶やかな髪をなびかせる。

「エルフィーネ、何故《なぜ》お前がここにいる?」

フィンゼルは、動揺した素振りは見せなかった。

いっそ、気さくとさえ思える様子で話しかけてくる。

兄の顔を直接見たのは、もう、何年ぶりだろう。

〈聖剣学院〉に編入するため、〈第〇四戦術都市《フォース・アサルト・ガーデン》〉の伯爵領を出奔して以来だ。

「あの裂け目――」

「うん?」

「あの虚空《こくう》の裂け目を、〈聖剣〉で監視していたの。軍の依頼でね」

と、エルフィーネは淡々と告げた。

彼女の周囲には、二機の〈天眼の宝珠《アイ・オヴ・ザ・ウイッチ》〉が、護衛のように付き従っている。

「そうしたら、あなたの姿を見つけたの。ここでなにをしているの？」

「……ああ、捜し物をしていてな」

「捜し物？　軍の関係者以外は、立ち入り禁止のこの場所で？」

エルフィーネは〈帝国〉騎士団の調査許可証を掲げてみせた。

「……なにが言いたい？」

「フィンゼル、あなたが〈魔剣計画《D.project》〉に関与していることは、わかっているわ」

「……」

「元々は、〈ヴォイド〉の脅威に対抗するため、軍の主導で行われた計画。〈聖剣〉の力を作為的に暴走状態にすることで、本来の力を超える〈聖剣〉を生み出そうとした」

〈レイ・ホーク〉を手にしたまま、エルフィーネは歩を進めた。

「けれど、計画は失敗に終わった。誰も暴走した〈聖剣〉を制御することができず、一部の被験者には、〈ヴォイド〉化の兆候まで現れはじめた。危険な〈魔剣計画〉は凍結され、二度と日の目をみることはない、はずだった――」

「……だが、凍結されたはずのその計画を、引き継いだ者がいた」

フィンゼルが、口の端を吊《つ》り上げて嗤《わら》った。

「……っ！」

「優秀だな。父が後継者に育てようとするはずだ」

パチパチ、と讃《たた》えるように手を叩《たた》く。

「フィンゼル。あなたは――」

エルフィーネは目の前の男を、冷たく睨《にら》んだ。

「〈桜蘭《おうらん》〉の傭兵《ようへい》集団を実験に使い、〈聖剣学院〉には〈魔剣〉を覚醒させる〈人造精霊《アーティフィシャル・エレメンタル》〉を送り込んだ。〈アカデミー〉の代表も、被検体にしたわね？」

……まだ、それぞれの事件に関して、確たる証拠を掴《つか》んだわけではない。

だが、彼を止めなければ、更に被害者が増えるだろう。

フィンゼル・フィレットは、忌々《いまいま》しそうに舌打ちした。

「少し派手に立ち回りすぎたか。まあ、本来なら、〈帝都〉はもう跡形もなく〈ヴォイド〉に蹂躙《じゅうりん》されているはずだったからなあ」

「兄さんっ、あなたは、一体何をしようと……！」

エルフィーネが〈レイ・ホーク〉の銃身に魔力を込める。

脳裏をよぎったのは、ライオットの顔だった。

かつて、エルフィーネの所属していた、第七小隊の隊長。

守るための力を求め、〈魔剣〉に魂を蝕《むしば》まれてしまった男――

「はは、撃てるのか？」

「射撃は得意じゃないけど、〈天眼の宝珠《アイ・オヴ・ザ・ウイッチ》〉が照準をサポートしてくれるわ」

「そうじゃない。お前に撃てるのか、実の兄が？」

「撃てるわ。あなたが、これ以上、犠牲者を増やすつもりなら！」

発砲。圧縮された魔力が撃ち出され、フィンゼルの肩を正確に撃ち抜く。

「……っ、あっ……あああああああああっ！」

フィンゼルがよろめき、地面に膝をついた。

だが、次の瞬間。信じられないことが起こった。

撃ち抜かれた肩から噴き出したのは血ではなく、黒い瘴気《しょうき》であった。

「……なっ!?」

「アアアアアッ、アアアアア■■■■■■ッ――――！」

メキッ、メキメキメキメキッ……！

フィンゼルの肉体が、おぞましい変化をはじめた。

スーツが破れ、背中の肉が内側から一気に盛り上がる。

四肢は大きく膨れ上がり、まるでそれぞれが別の生命体のように蠢《うごめ》きはじめた。

（……〈魔剣〉!?　いえ、違う、これは……〈ヴォイド〉！）

「■■■■■ッ――――！」

巨大化した怪物は、人ではない声で咆哮《ほうこう》した。

瓦礫《がれき》の破片が放射状に飛散し、エルフィーネの制服を切り刻む。

「……っ、〈魔剣〉の力に堕《お》ちたのね、フィンゼル！」

エルフィーネは頭部を狙い、発砲した。

——が、放たれた閃光《せんこう》は、その硬質化した皮膚に弾《はじ》かれる。

通常の武装では、〈ヴォイド〉に対して効果は無い。

「……っ!?」

「エルフィーネ、お前は美しいな。だが——」

〈ヴォイド〉のような姿になったフィンゼルが、にたりと笑った。

「だが、この姿のほうが美しいとは思わないか？」

巨大な腕が振り下ろされる。人間の限界を超えた速度で。

リイイイイイイイイイッ——！

エルフィーネの眼前で、巨大な腕は弾かれた。

〈天眼の宝珠《アイ・オヴ・ザ・ウイッチ》〉がシールドを展開したのだ。

彼女の意志とは無関係に発動する、オートガードの能力。

「素晴らしい〈聖剣〉だ。俺も、そんな〈聖剣〉が欲しかったなあああっ！」

フィンゼルが咆哮し、瓦礫を蹴立てて突進してくる。

「〈聖剣〉形態換装《モード・シフト》——〈魔閃雷光《レイ・オヴ・ヴォーパル》〉」
二機の〈天眼の宝珠《アイ・オヴ・ザ・ウイッチ》〉が眩《まばゆ》い光を放った。
輝く球体の周囲に光輪が生まれ、閃光《せんこう》を放つ。
ズオオオオオオオオッ——！
閃光は〈ヴォイド〉の腕を吹き飛ばし、頭部を一瞬で消滅させた。
手加減は出来なかった。
人間であることをやめ、虚無に魂を売り渡した者に、容赦はない。
——だが。
「お前にはわかるまい、〈聖剣〉の力に祝福された、お前にはなああああ——！」
吹き飛んだ腕の切断面から、激しい瘴気《しょうき》が噴き出した。
蛇のような首が、腕のあった場所から再生する。
そして、胸部に、変わり果てたフィンゼルの顔が浮き上がった。
(……っ、化け物……！)
——〈魔剣〉とは、人をここまで変えてしまうものなのか。
エルフィーネは再び〈魔閃雷光《レイ・オヴ・ヴォーパル》〉の閃光を放った。
——が、フィンゼルは地を蹴って跳躍。倉庫の屋根に跳び乗る。
シャアアアアアアアアッ——！

蛇の首が鞭《むち》のようにしなり、エルフィーネめがけて襲《おそ》いかかる。

エルフィーネは咄嗟《とっさ》に、三機めの〈天眼〉を呼び出し、シールドを展開する。

弾《はじ》かれた蛇の頭が倉庫の壁に激突し、瓦礫《がれき》の雨が降りそそいだ。

（……っ、まずいわね……！）

舞い上がる砂埃《すなぼこり》。灰色の視界の中を、エルフィーネは息を切らして走った。

エルフィーネが顕現させることのできる〈天眼〉は、最大八機。

しかし、今は軍の依頼で、そのうち五機を裂け目の監視と探索にあてている。

呼び寄せるには時間がかかるし、すでに起動状態にある〈聖剣〉をキャンセルし、再びアクティヴにするには、多大な体力と精神力を消耗する。

「はははは、素晴らしいぞ、〈女神〉の与えたもうたこの力はっ――！」

フィンゼルであったものの狂笑が響きわたる。

（……〈女神〉？）

兄の口にしたその言葉に、エルフィーネは思わず、反応した。

〈魔剣〉の力に蝕《むしば》まれた学生はみな、〈女神〉の声を聞いた、と証言している。

そして、〈仮想霊子戦術都市《アストラル・ガーデン》〉で邂逅《かいこう》した、フィレットの〈人造精霊《アーティフィシャル・エレメンタル》〉――〈熾天使《セラフィム》〉は、自身のことを〈女神〉のメッセンジャーと名乗った。

（……〈女神〉……一体、なんなの？）

〈魔剣計画《D.project》〉に関わる暗号なのか、あるいは、特定の人物のことなのか――

土煙が晴れる。走りながら、エルフィーネは〈魔閃雷光《レイ・オヴ・ヴォーパル》〉を放った。

ズオオオオオオオッ――！

横一文字に放たれた熱閃《ねっせん》が、倉庫を両断し、フィンゼルの巨体が落下した。

「ハッ、ハハハハハッ――■■■■■■■ッ！」

その身体《からだ》は醜く膨れ上がり、全身から複数の手足が無作為に生えてくる。まるで、生命の進化の過程を戯画化したような光景――

「もう、人間に戻ることはできないのね……」

エルフィーネは悲しげに呟《つぶや》くと、きゅっと唇を噛《か》みしめた。

「なら、せめて――軍の〈聖剣士〉が来る前に、私の手で引導を渡してあげる！」

三機の〈天眼の宝珠《アイ・オヴ・ザ・ウイッチ》〉が、等間隔に展開し、正三角形の力場を展開する。

エルフィーネは腕を前に突き出した。
■■■■■■■ッッッ――！
化け物と化したフィンゼルが、自身の腕をもぎ取り、投擲《とうてき》した。

バギイイイイッ！

高速で投擲された腕は、正三角形の力場にぶつかり、一瞬で蒸発する。

「〈聖剣剣舞祭〉のために隠していた技よ――」

告げた、その瞬間。
三機の〈天眼〉の展開する力場が、一点に収束した。
そして――
「――〈滅雷破連砲《トライ・フレア・ブラスター》〉！」
ズオオオオオオオオオオオオオオンッ！
レギーナの〈超弩級竜雷砲《ドラグ・ブラスト》〉にも匹敵する極大火力が、虚無の化け物を呑《の》み込んだ。
「やっ……た、の……？」
呟いて、エルフィーネはその場にくずおれた。
三機の〈天眼の宝珠〉が、光の粒子となって消滅する。
（これで、倒せなければ――）
ピシッ――
と、なにかに亀裂の入るような音が聞こえた。
（……な……に……？）
エルフィーネは、顔を上げ、舞い上がる土煙の奥に目を凝らした。
フィンゼルは、まだ立っていた。
胴体に巨大な穴をあけられて、なお生きていた。
「めが……み……我が女神……よ……！」

「……っ！」

よろよろと、のたうつように近付いてくる、虚無の怪物。

――だが、次の瞬間。

ピシ――ピシッ、ピシピシピシッ、ピシピシッ――

「アアアアアアアアッ――――！」

虚空《こくう》に生まれた無数の亀裂が、フィンゼルを完全に呑《の》み込んだのだった。

◆

（……死ぬのか、俺は――あれほど憎んだ、〈聖剣〉の力で……）

混濁する意識の中。

フィンゼル・フィレットの視界に広がるのは、虚無世界の赤い空だった。

ピシ――ピシピシ……ピシッ……

肉体の崩壊はもう止まらない。

〈魔剣〉の力に蝕《むしば》まれた被検体の末路を、彼はよく知っていた。

彼の手掛けた〈魔剣〉の実験で、多くの〈聖剣士〉が犠牲になったのだ。

「く、くく……地獄に堕《お》ちるのだろうな、俺は……」

「──いいえ。虚無の力を手にした者は、虚無に還《かえ》るのよ」

と、その時。声が聞こえた。

「……？　お、おお……！」

死の間際に、〈女神〉が声をかけてくださったのだろうか──？

「残念だったわね、フィンゼル。あなたの役目はここでおわりよ」

──違った。

彼の頭上に現れたのは、手のひらよりも小さい、妖精のような少女だった。

フィレットの〈人造精霊《アーティフィシャル・エレメンタル》〉──〈熾天使《セラフィム》〉。

偉大なる〈女神〉の欠片《かけら》を埋め込んだ、疑似女神。

「……俺の……〈魔剣〉を、回収に来たのか……」

崩れつつある腕を空に伸ばして、フィンゼルは自嘲した。

彼自身の生み出した〈女神〉に看取《みと》られるとは、なんと皮肉なことか。

「──そうだ。そして、お前の記憶は、貴重な戦闘データになる」

「……!?」

答えたのは、〈人造精霊《アーティフィシャル・エレメンタル》〉の少女ではなかった。

それは、彼が人生で最も憎んだ男の声。

「……な、ぜ……何故《なぜ》、貴様……が……！」

黒い瘴気《しょうき》を纏《まと》う老人の手が、彼の顔をわし掴《づか》みにした。

「——わたしは〈女神〉の〈使徒《アポストル》〉だ」

ディンフロード・フィレットの発したその言葉に、彼は絶望のうめきを上げた。

第六章　招待状

Demon's Sword Master of Excalibur School

「レオ君、なーにーをしているのー……」

〈フレースヴェルグ寮〉の自室にあるソファに寝転がり、バスタオル姿のリーセリアはうーっと猫のように唸《うな》った。

シャワーを浴びたばかりで、肌は火照《ほて》って、ほんのり湯気がたっている。

管理局に諸々の報告をした後、寮に戻ってくる途中で、急な雷雨に見舞われたのだ。

予報では晴れだったはずなのに、おかげで制服はびしょ濡れだ。

濡れそぼった白銀の髪をヘアピンでとめ、ソファの縁から素足を投げ出したその姿は、侯爵家の令嬢にしてはあまりに無防備だった。

「……お嬢様、はしたないですよ」

ポットのお茶を温めていたレギーナがたしなめる。

彼女の制服も濡れてしまったので、メイド服の正装に着替えていた。

「だいたい、お嬢様は少し過保護です。少年は立派な〈聖剣士〉なんですし」

「そ、そうだけど、誰かに誘拐されてないか心配で……」

端末の画面を見つめたまま、脚をばたばたさせるリーセリア。

「あ、今のお嬢様、水揚げしたエビみたいです♪」
レギーナがすかさずパシャリと写真を撮る。
「エビじゃないもん……」
リーセリアは不安そうに、クッションを抱きしめた。
フレニア院長に連絡したところ、彼は雨が降るより前に、孤児院を出たそうだ。
（……どこに行ったのかしら？）
もちろん、レオニスがすごく強いことは知っている。
誘拐なんてされないだろうし、〈ヴォイド〉が出ても、なんの心配もないだろう。
（でも……）
彼が遠くに行って、離ればなれだった、ここ数日間。ずっと心配し続けていたせいか、
心配癖がついてしまっていた。
抱きしめた枕を、かぷっと噛《か》む。
かぷかぷっ、と噛む。
（……～っ！）
ふと、あの時のことを思い出して、すでに赤い顔はますます火照《ほて》った。
『――お待たせしました、セリアさん』
彼の小さな腕に抱きかかえられて、黒い瞳で見つめられた時――

なんだか、いつもの十歳の少年には見えなくて、ドキッとしてしまった。

頬《ほお》にそっと指をあてると、ぽーっと火照るように熱いのは、シャワーを浴びたから？

……ううん、たぶん、それだけじゃない。

感情が不安定になると、魔力の調整がうまくいかない。

吸血鬼の心臓が、魔力を帯びて、トクントクン、と鼓動する。

「レオ君……」

そっと呟《つぶや》いた、その時。

寮の玄関の鐘の鳴る音がした。

◆

「……～もうっ、レオ君、悪い大人に誘拐されたと思って、心配したんだから」

「す、すみません！」

部屋に戻るなり、レオニスは謝った。

彼女は形のよい眉を八の字にして、ぷんぷん怒っているそぶりをみせるが、なにしろバスタオル姿なので、裾からチラチラとのぞく脚にドキッとしてしまう。

……とはいえ、一応怒られている最中なので、なんでバスタオルなんです、とはつっこめないレオニスである。

「少年は、雨、大丈夫だったんですか？　わたしたち、ずぶ濡れでしたよ」

「……えっと、それも、すみません」

「どうして少年が謝るんです？」

メイド服姿のレギーナは、きょとんと首を傾《かし》げた。

（……あまり、気軽に天候操作をするのは控えねばな）

と、レオニスは内心で反省する。

「ところで、少年はご飯にします？　お風呂にします？　それとも、わたしです？」

ふふっと悪戯《いたずら》っぽく微笑《ほほえ》んで、レギーナが揶揄《からか》うように尋ねてくる。

レオニスは少し考えて、

「それじゃあ、せっかくなので、レギーナさんでお願いします」

にこっと無邪気な笑顔で言い返すと、

「え……？　あ、え……わたしです？」

悪戯メイド少女は、たちまち顔を赤くしてあわてだした。

……相変わらず、受けに回ると弱いようだ。

「冗談ですよ。少し汗をかいたので、シャワーを浴びようかと……」

レオニスがしたり顔でベッドに腰を下ろすと――

レギーナがぴょん、と飛び乗ってきて、背後をとった。

むぎゅっと抱きしめて、レオニスの肩に顎をのせてくる。

「レ、レギーナさん!?」

「少年、よくもお姉さんをからかってくれましたね？」

耳元で、ふーっと息を吹きかけながら囁《ささや》く。

反撃モードのようだ。

「あ、あの、胸があたってます……」

「……そうですね。あたってますね。恥ずかしいんですか、少年？」

「ぐ、ぬ……」

ふよんっ。ふよよんっ。

メイド服ごしにあたるやわらかな胸の感触に、思わず、ドキドキしてしまう。

もし今の姿を、アレクシオスに見られたら、どうなることか。

……魔王の威厳もなにも、あったものではない。

「……っ、ま、まいりました、僕が悪かったです……」

レオニスが降参すると、レギーナは満足げに頷《うなず》いた。

「まあ、今回は許してあげましょう。お姉さんをからかってはいけませんよ」

「……～っ、レ、レギーナ、なにをしてるの！」

タンクトップに着替えてきたリーセリアが、むっと頬《ほお》を膨らませた。

「少年の有効成分を補給していたんです。セリアお嬢様も、一緒にどうですか？」

「え？　う、うん、それじゃあ……」

「……って、セリアさん!?」

レオニスが声を上げた、その時。

コツコツと窓を叩《たた》く音がした。

「……っ!?」

ここは寮の二階である。

全員、ハッとして振り向くと。

窓の外で、金色に輝く鳥が、くちばしで窓を叩き続けている。

「……と、鳥？」

首を傾《かし》げるリーセリア。

「違います。たぶん、精霊ですよ」

「精霊？　どうして、精霊がここに……？」

リーセリアが窓を開けてやると、金色の鳥は部屋の中を飛び回り、テーブルの上に、くちばしにくわえていたなにか落とした。

「……これは、便箋かしら？」

「精霊に手紙を届けさせるんですか?」

レオニスが尋ねると、

「最前線では、飛行型の〈人造精霊《アーティフィシャル・エレメンタル》〉を使って命令書を送ることもありますよ。〈ヴォイド〉のEMPで通信が妨害された時なんかに重宝しますね」

レギーナが手を差し出すと、金色の鳥はちょこんと飛び乗った。

さすがに精霊の扱いは手慣れている。

「けど、郵便がわりに精霊を使うのは、あまり聞かないわね」

リーセリアは眉をひそめ、便箋を手にとった。

「……軍の命令書、じゃないわね。なんの手紙かしら?」

「ラブレターじゃないです?」

「……誰に?」

「お嬢様じゃないですか。〈聖剣剣舞祭〉の活躍を見て、ひと目惚《ぼ》れしたとか」

(……なに?)

レオニスのこめかみが引き攣《つ》った。

(我が眷属《けんぞく》に手を出すとは、いい度胸だ……)

便箋を一瞬で消し炭にしようと、手に魔力を集めていると、

「ま、待ってください、こ、この紋章って、まさか……」

レギーナが便箋の封を見て、目を見開いた。

「どうしたの？」

「これ、オルティリーゼ家の紋章ですよ——」

「えええええっ！」

◆

便箋の封を開けると、流麗な筆跡で、差出人のサインがあった。

差出人はシャトレス・レイ・オルティリーゼ。〈帝国〉の第三王女だ。

「ど、どうして、シャトレス様がお手紙を？」

手紙を手にしたまま、あわてふためくリーセリア。

「ひょっとして、果たし状じゃないです？」

「果たし状!?」

「ほら、〈聖剣剣舞祭〉では、ちゃんと決着がつかなかったじゃないですか」

「た、たしかに……」

と、リーセリアは真っ青な顔で呟《つぶや》く。

戦いの最中、〈ヴォイド〉の襲撃に水を差されたのだ。

「とにかく、読んでみましょう」

「……そ、そうね。ええっと、拝啓、第十八小隊隊長……」

リーセリアはこくっと頷《うなず》くと、手紙を読み上げはじめる。

手紙は、第十八小隊に宛てて、簡潔な文章で書かれていた。

まず、命を救ってくれたことへの礼。〈ヴォイド〉へ立ち向かった勇気への賛辞。

そして、感謝の気持ちとして、ささやかなお持てなしの会に招待したい、とのことだ。

本来は、彼女のほうが出向くべきところであるが、王族という立場上、それは難しいため、許して欲しい、ともあった。

「よかった。果たし状じゃなかったわ！」

ほっと安堵《あんど》の息をつくリーセリア。

「……意外と律儀《りちぎ》なんですね、シャトレス様」

レギーナが金色の鳥を撫《な》でながら呟《つぶや》く。

「明日《あした》の午後ね。時間は何時でも大丈夫みたいだけど……」

リーセリアは、気遣わしげにレギーナのほうを見た。

「レギーナ、どうする？」

「……」

彼女の翡翠《ひすい》色の瞳が、ほんのわずかに揺れるのを、レオニスは見逃さなかった。

「……わ、わたしは、遠慮しておきます」

複雑な微苦笑を浮かべ、レギーナは首を横に振る。

「会っちゃいけないって、約束ですし、セリアお嬢様にもご迷惑がかかります」

〈凶星〉の現れた日に生まれたレギーナ・レイ・オルティリーゼは、王女の身分を剥奪され、〈人類教会〉の修道院で、一生涯、監禁されるはずだった。

それを覆《くつがえ》したのが、十五年前の当時、まだ存命であったリーセリアの祖父だ。

以来、彼女はリーセリアのメイドとして仕えることになるが、王女であったことを口外してはならず、また、親族に会ってはならない、という掟《おきて》があった。

本来、顔を見ることさえ許されない姉と、わずかながらも会話することができたのは、あくまで、〈聖剣剣舞祭〉という、特別な舞台に上がれたからこそだった。

「――レギーナ」

リーセリアは優しい声音で、けれど真剣な目で、彼女を見つめた。

「シャトレス様を命懸けで守ったのは、あなたよ。シャトレス様も、一番お礼を言いたいのは、レギーナだと思う」

「わたしは、〈聖剣士〉として、当然のことをしただけですよ」

「それは〈聖剣士〉の理想だけど、なかなかできることじゃない。ほら、感謝の言葉の一番最初にあるのは、レギーナの名前よ」

リーセリアはレギーナに手紙を手渡した。

「もちろん、レギーナの意思を尊重する。でも、後悔はしてほしくない。わたしは、もう、お姉様や、お父様、お母様たちには、会えなくなってしまったけど——」

「セリアお嬢様……」

レギーナは唇を噛《か》み、そっと手紙を抱きしめた。

そして——

「あの人に名前を呼ばれたとき、嬉《うれ》しかったんです」

ぽつり、と呟《つぶや》くように言った。

「あの人は、〈聖剣剣舞祭〉の敵チームのメンバーの名前は、全員覚えていたって、それだけの話なんですけど、でも、嬉しかった——」

うつむく彼女の顔を、鳥の姿をした精霊が見上げた。

「もちろん、正体は明かせないですけど、やっぱり、姉さんに会いたいです。もう、こんな機会は二度とないと思うので——」

「……うん」

リーセリアは頷《うなず》くと、レギーナの肩に優しく手をのせた。

それから、今度はレオニスのほうへ向き直った。

「レオ君は、行くわよね？」

「僕は、そうですね……」

レオニスは、少し考える。

……正直、あまり気は進まない。

退屈なお茶会に出るくらいなら、〈魔王軍〉の再編を考えておきたいところだ。

しかし――

（……〈エリュシオン学院〉か）

ブラッカスの報告では、そこに、〈影の回廊〉を侵蝕《しんしょく》する本拠地があるらしい。

あまり目立つことはできないため、ブラッカスに調査を任せているが、招待されたということであれば、白昼堂々、調査できる絶好の機会だ。

それに、そんな危険な場所に、二人だけで向かわせるわけにはいかない。

「せっかくのお誘いですし、ご招待にあずかりましょう」

レオニスは肩をすくめて、頷いた。

「あとは、咲耶《さくや》とエルフィーネ先輩ね。先輩はあとで予定を聞くとして、咲耶ってば、どこに行ったのかしら？」

「通信は繋《つな》がらないんですか？」

「咲耶、あんまり、通信端末を持ち歩かないのよね」

「まあ、咲耶がふらっと消えるのはいつものことですし、放っておきましょう」

レギーナが肩をすくめる。

「そうね。咲耶《さくや》だし」

「完全に猫扱いですね……」

レオニスを過保護に心配するのとは、正反対だった。

「あれ、そういえば……」

と、レギーナがハッと思い出したように言った。

「どうしたの、レギーナ」

「いえ、招待された、〈エリュシオン学院〉の女子寮エリアって、男子禁制ですよね」

「そうなの？」

「ええ、なにしろ、上流貴族ばかりの令嬢の通われる養成校ですし……」

「というか、この寮も、本当は僕が住んじゃだめですよね？」

冷静につっこむレオニス。

「レオ君は大丈夫よ、子供だもの」

「お嬢様、その理屈が通用するのは、ここが比較的おおらかな〈聖剣学院〉で、しかも女子寮エリアの辺境にある〈フレースヴェルグ寮〉だからですよ。いいですか、少年を〈エリュシオン学院〉の女子寮なんかに連れ込もうものなら――」

「……も、ものなら？」

「女の子たちに攫《さら》われて、あんなことやこんなことをされるに決まってます！」

「ええっ！」

「どんなことをされるんですか……」

ジト目で呟《つぶや》くレオニス。

「そ、そんなのだめよ！　どうしよう……」

狼狽《うろた》えるリーセリアに、レギーナが真面目な顔で言った。

「お嬢様、わたしにいいアイデアがあります」

……なんだか、嫌な予感がするレオニスだった。

◆

「……ここが、〈精霊の森〉。すべての精霊の生まれ出ずる場所」

「なんだか、故郷の神木の森に似ているね」

——日の沈みかけた頃。

二輪ヴィークルで荒野を走り続けた咲耶とアルーレは、森の中に足を踏み入れた。

咲耶の前を歩くアルーレの足取りは、森の中だというのに、まるで平地のようだ。

下生えの茂みや木の枝が、彼女の歩みにあわせて避《よ》けていくのである。

「驚いたな。エルフは不思議な力を使うとは聞くけど」

「森渡りの魔術よ。エルフじゃなくても、習得できるわ」

そっけなく答えるアルーレ。

「ボクにも教えて欲しいな」

「べつにいいけど。あたしは、あんたたちの〈聖剣〉のほうがよっぽど不思議よ」

そんなやりとりをしつつ、森の奥を目指した。

巨大な虚空《こくう》の裂け目は、森の深奥を横切るようにはしっている。

このペースなら、明朝には到達できるだろう。

「そろそろ、休憩しましょうか」

と、湖のそばに来たところで、アルーレが足を止めた。

「ボクはまだ行けるよ」

「強行軍は危険よ。それに、靴もパンツも砂まみれだし、水浴びがしたいわ」

「ああ、たしかに」

二人は服を脱ぐと、湖に入って身体《からだ》を清めた。

水は冷たかったが、歩いて火照《ほて》った身体にはちょうどいい。

「ここはもともと、精霊たちの集う湖だったの」

アルーレはポニーテールの髪をほどきながら言った。

「こうして湖で身を清めないと、精霊に嫌われて、森の中を迷わされるのよ」

「……精霊か。今は、見あたらないようだね」

咲耶《さくや》は、きょろきょろとあたりを見回した。

「……そうね。〈精霊王〉がいたころは、森の動物と同じくらい精霊がいたものよ」

「精霊王？　精霊に王様がいるのかい？」

「そうよ。エルフの一族は、〈精霊王〉と同盟を結んでいたの」

「その、精霊の王様は、どうなったんだ？」

アルーレは肩をすくめて言った。

「――滅ぼされたわ。〈魔王〉の一人にね」

◆

深夜――〈エリュシオン学院〉。

月明かりの見下ろす、白亜の宮殿のような学舎は、もう寝静まっていた。

中庭を囲む大理石の回廊を、巨大な狼《おおかみ》の影が、音もなく歩く。

（……予想以上だな。よもや、すべての影が取り込まれているとは）

ブラッカスは低く唸《うな》った。

この学院に通う少年少女達《たち》は、影が入れ替わっていることにも気付かず、普段通り過ごしているのだろう。

だが、影を歩く黒狼《こくろう》にとって、ここはまるで――

(……狩猟罠《わな》だらけの森だ)

そして、この場所を中心に、影は〈帝都〉全体へ侵略の手を伸ばしている。

わずか十数時間で、この学院を陥《お》としたことを考えれば、いずれは、レオニスの拠点である〈第〇七戦術都市《セヴンス・アサルト・ガーデン》〉、〈聖剣学院〉の影まで危うくなるだろう。

(そうはさせん……!)

ブラッカスは金色の瞳に、怒りの焔《ほのお》を燃やした。

レオニスの貸し与えた三体の〈影の死霊〉は、影の中に侵入したまま、帰還しない。

おそらくは、この影を支配する何者かによって、滅ぼされたのだろう。

あの〈影の死霊〉は、〈魔王軍〉配下の魔物の中でも、比較的上位のものだ。

それが、三体も失われた。

本来であれば、この時点で、レオニスの元へ報告に戻るべきなのだろう。

しかし、なにかしら、正体のわからぬ敵の情報は掴《つか》んでおきたかった。

回廊の柵を飛び降りて、中庭に降り立った。

中央の噴水の水が、月の光を浴びて輝いている。

ふと、ブラッカスは噴水の中の、水底にたゆたう影に目をとめた。
注意深く見れば、影にわずかな違和感がある。
底が見通せないほどに、深く暗い影だった。
(……ここが、影の〈門〉か)
無論、この規模の〈影の領域〉であれば、ほかにも〈門〉はあるのだろうが——
なんにせよ、発見できたのは幸運だった。
喉の奥でぐるる、と唸《うな》ると、躊躇《ちようちよ》なく噴水に飛び込んだ。
ちゃぽん、と小さな水音だけが中庭に響く。
影の中を抜けて、するりと外へ出ると、そこは石造りの通路だった。
まるで〈デス・ホールド〉の地下迷宮のようだ。
——と、突然、背後の影の〈門〉が消滅し、石壁に変化した。
「……っ!?」
ブラッカスの金色の目が、暗闇の中でギラギラと輝く。
たちまち、石壁の隙間から影がどろりと溶けだした。
影は形を変え、無数の人の姿をした魔物に変化した。
ブラッカスは咆哮《ほうこう》した。
影の魔物を爪で引き裂き、鋭い牙で喰《く》いちぎる。

「……不味《まず》い。ただの影の魔物ではない、な」

ぺっと影を吐き捨てて、ブラッカスは呻《うめ》く。

この不快な瘴気《しょうき》は、あの虚無の化け物――〈ヴォイド〉のものだ。

「……これは一体、どういうことだ？」

と――

『ほほほ、これは愉快な見世物よ。黒の貴公子と謳《うた》われた〈影の王国《レルム・オヴ・シャドウ》〉の王子が、獣の姿に身を窶《やつ》し、あさましく魔物を喰ろうておるわ』

「誰だ――！」

響きわたる声に、ブラッカスは激怒の吠え声を上げた。

『妾《わらわ》の声を忘れたか。ブラッカス・シャドウプリンス――〈影の王国〉の簒奪《さんだつ》者。よもや貴様が生きていたとは、嬉《うれ》しいぞ』

「……っ、まさか、貴様は――」

ブラッカスは怒りの咆哮を叩《たた》き付けた。

「そうか、これは貴様の計略か、〈影の女王〉――シェーラザッド」

――〈影の王国〉で暴政を振るった〈影の女王〉は、レオニスの力を借りたブラッカスの叛乱《はんらん》によって、その座を追われ、永遠の荒野へ追放されたはずだった。

しかし――

『ほほほ、妾《わらわ》の〈影の王国〉は不滅じゃ』

「では、何度でも滅ぼしてやろう」

『ふん、以前のようにはいかぬぞ。貴様は妾の呪いにかけられ、貴様の同盟者であった〈不死者の魔王〉は、人間どもの英雄に滅ぼされた――』

「……っ⁉」

と、足元の地面が泥濘《でいねい》に変化し、ブラッカスの全身がズブズブと引きずり込まれる。

ブラッカスはもがき、抜け出そうとするが、影の泥はますます重くのしかかる。

『無駄なことよ、この〈影の城〉は、妾が長年かけて作り上げた結界。今のお前の力で、抜け出せるものではないわ』

（……ぬかった、せめて、マグナス殿に……！）

影の泥濘に溺れながら、もがき続ける。

だが、抵抗虚《むな》しく、ブラッカスは影の中に呑《の》み込まれてしまった。

第七章　エリュシオン学院

Demon's Sword Master of Excalibur School

「く、屈辱だ……」

翌朝。部屋にある姿見の前で、レオニスはぐぬぬ、と唸《うな》った。

鏡に映るのは、可憐《かれん》なメイド服姿の少女であった。

昨晩、女子寮エリアに入るため、レギーナが提案したのは、メイドへの変装だった。

曰《いわ》く、女子用の〈聖剣学院〉の制服はすぐに用意できないし、リーセリア付のメイドということにしてしまえば、たとえ怪しまれても、余計なことを訊《き》かれずに済む。

……更に言えば、〈聖灯祭〉の喫茶店のときに着た、サイズぴったりのメイド服が、そのままクローゼットに残っているとのことだった。

じつは、メイド服をひっぱり出してくる前に、リーセリアが初等生の頃に着ていた服などを着せられたりもしたのだが、まあ、それはいい。

「……～っ、恐怖と死の〈魔王〉と呼ばれたこの俺が、このような格好を……」

鏡の前で、スカートの裾を握り、唸っていると、

「ま、魔王様っ、魔王様のそのお姿は、とてもお可愛《かわい》いかと！」

「馬鹿にしているのか、シャーリ」

レオニスは振り返り、シャーリを睨《にら》んだ。

「め、めっそうもございません！」

シャーリはあわてて頭を下げた。

「ですが魔王様。お姿だけで、メイドの立ち居振る舞いがなっていないかと」

「……なんだそれは。そんなに不自然か？」

眉をよせると、レオニスはスカートをつまんでくるっと回った。

「全然、だめです、魔王様。このわたくしが、メイドとしての立ち居振る舞いをお教えしましょう。こうです、キラッ♪」

シャーリは指先を曲げて、可愛《かわい》いポーズをしてみせた。

「さあ、魔王様も真似《まね》してください。キラッ♪」

「……シャーリよ、さては調子に乗っているな」

ゴゴゴゴゴゴゴゴゴ……！

「……ひっ、申し訳ありません、魔王様！」

死のオーラを放出すると、ぺこぺこと謝るシャーリだった。

「……まあいい」

レオニスは渋面を作りつつ、こほんと咳払《せきばら》いして、

「学院の敷地内を調査するには、たしかに、この姿のほうが便利であろうしな」

「……ブラッカス様は、ご無事でしょうか」

と、シャーリは真面目な表情になって、言った。

シャーリには、すでにブラッカスの報告のことは話してある。

「慎重な奴《やつ》だ。さほど心配することはないと思うが、な――」

……とはいえ、ひと晩経《た》って、報告がないのは少し気にかかる。

と――

「レオ君、そろそろ行くわよ」

ドアをノックして、リーセリアが部屋に入ってくる。

シャーリは素早く影の中に身を潜ませた。

「レオ君、可愛《かわい》いわ」

「……~っ、セリアさんまで……」

レオニスがむっと頬《ほお》を膨らませると、

「ふふ、ごめんね。男の子のレオ君も、可愛いわ」

微笑して、頭をよしよしと撫《な》でてくる。

「……なんの慰めにもなってませんよ」

レオニスは憮然《ぶぜん》として言った。

◆

リーセリア、レギーナ、レオニスの三人は、リニア・レールで〈帝都〉に移動した。

各戦術都市には厳戒態勢が敷かれているものの、〈聖剣学院〉の学院生は、面倒な手続きなしで都市間を移動することができる。

「フィーネ先輩は、残念でしたね」

「しかたないわ。解析型の〈聖剣〉は、数が少ないものね」

リーセリアは首を振って答えた。

エルフィーネは、今日も帝国騎士団に半ば強制的に協力させられており、〈フレースヴェルグ寮〉に戻れるのは、いつになるかわからないという。

「咲耶《さくや》はやっぱり連絡がつかないし、どこへ行ったのかしら……」

「緊急召集があれば、ひょっこり現れるんでしょうけどね」

と、レギーナは肩をすくめた。

「……はあ、けっこう、緊張しますね」

「大丈夫、わたしとレオ君がついてるわ」

リーセリアはぽんぽんとレギーナの肩を軽く叩《たた》いた。

〈セントラル・ガーデン〉のステーションで、〈リニア・レール〉を降りると、〈エリュシオン学院〉の敷地まで徒歩で向かう。

緑豊かな人工樹に囲まれた、白亜の宮殿のような学舎だ。

（……古風な建築物だな。懐古趣味か？）

と、メイド服のスカートを気にしつつ、レオニスはそんな感想を抱く。

アレクシオスの話によれば、星の声を聞く異能者の知識によって、魔導技術文明が急速に発達したのは、ここ二〇〇年ほどのことだ。

建築様式はやや異なるものの、全体的な雰囲気は一〇〇〇年前とそう変わらない。

「〈エリュシオン学院〉は、〈第〇二戦術都市《セカンド・アサルト・ガーデン》〉の〈教導軍学校〉の次に創設された、二番目に歴史ある〈聖剣士〉養成校なのよ」

学院の建物を指差しながら、リーセリアが言った。

「〈聖剣学院〉は、比較的新しいんですね」

「ええ、〈教導軍学校〉の分校の形で、〈第〇七戦術都市《セヴンス・アサルト・ガーデン》〉の完成と一緒に創立されたの。各養成校の中では、一番規模が大きくて、最新の設備を整えているわ。……って、レオ君、各養成校の歴史は、講義で習ったはずよ」

「……そ、そうでしたか？」

たぶん、レオニスがサボった時の講義だろう。

サボるときは、身代わりに変身したスケルトンを残しているのだが、最近はリーセリアにも見分けが付くようで、バレてしまっているようだ。

敷地内の道を歩き、鉄柵の門の前で、三人は足をとめた。

「えっと、は、入って大丈夫かしら？」

「シャトレス様のお手紙は持ってきましたけど……」

門の前で戸惑っていると――

光の粒子を撒《ま》きながら、あの鳥の精霊が舞い降りてきた。

精霊が三人の姿を確認し、メイド姿のレオニスを見て、不思議そうに首を傾《かし》げた。

「……あの、僕はセリアさん……セリアお嬢様のメイドです」

レオニスが憮然《ぶぜん》として名乗ると、精霊は納得したように頷《うなず》いて、門を開けた。

◆

鳥の精霊に案内され、女子寮エリアの敷地内に入ると――

「あら、お客様？　あれは〈聖剣学院〉の制服ですわね」

「ねえ、あれってもしかして、〈聖剣剣舞祭〉でシャトレス様と戦った――」

「まあ、リーセリア様ですわ！」

「あのクリスタリア公爵家の……？」

通路を歩く令嬢たちが、リーセリアの姿を見て囁《ささや》き交わす。

シャトレスの着ていた軍服のような、〈エリュシオン学院〉の制服を着ている学生は、あまりいない。都会的でお洒落な服装をしていた。

フェンリス・エーデルリッツのようなしゃべり方の娘が多いのは、ここが上流貴族ばかりの通う養成校だからだろうか。

「セリアお嬢様、なんだか注目の的みたいですね」

「報道の記者が、あることないこと書くから……」

リーセリアは恥ずかしそうに俯《うつむ》いて、歩く速度を速める。

なんでも、〈聖剣剣舞祭〉に参加する注目の美少女選手として、各報道機関が彼女の特集記事を掲載したそうだ。

容姿が美しく、しかも、〈ヴォイド〉との戦いで命を落とした悲劇の英雄、クリスタリア公爵の娘である。優勝最有力候補のシャトレスと並んで、話題にはことかかない。

加えて、先の〈聖剣剣舞祭〉で見せた実力には、誰もが驚いたことだろう。

〈聖剣士〉を目指す、同じ年頃の少女達《たち》が憧れるのも当然だ。

「訓練の様子を盗撮されたり、大変だったんだから」

（……なに、盗撮だと！）

レオニスの耳がぴくっと動く。

その報道局は灰にしなくては、と密《ひそ》かに決意するレオニスだった。

「あ、あの、リーセリアさん、一緒に写真を撮っていただけないかしら？」

「サ、サインを、妹がファンで！」

「え、ええ!?」

広場に出ると、リーセリアはたちまち、少女達に囲まれはじめた。

「わ、わかったわ、えっと、じゅ、順番に……」

困惑しながらも、撮影やサインに応じるリーセリア。

「〈聖剣剣舞祭〉でのシャトレス様との戦い、本当にすごかったですわ！」

「い、一応、わたしもいたんですけどねー」

拗《す》ねたように呟《つぶや》くレギーナの声は、誰も聞いていない。

（それにしても……）

と、レオニスはあたりを見回した。

……見たところ、とくに異常は感じない。

あるいは、レオニスでも見抜けぬほど、完全な偽装がほどこされているのか。

『――シャーリよ、この建物の影はどうなっている？』

と、影の中にいるシャーリに話しかける。

『はい、ほぼすべての影が何者かに掌握されています。まるで罠《わな》だらけの迷宮です』

『……なるほど』

影人であるシャーリには、まるで別の景色が見えているのだろう。

『ブラッカスの気配はあるか？』

『いえ、ブラッカス様のお姿は見あたりません』

シャーリが念話で答えてくる。

『影の深い場所に潜られているのでしょうか』

『――それなら、いいのだが』

貸し与えた配下の〈影の死霊〉も、帰還していない。

……あるいは、なにかがあったのか。

（ブラッカスが、そうそう遅れをとるとも思えぬが……）

『ブラッカス様を探してまいりましょうか』

『……そうだな』

レオニスは、少し考え込む仕草をして、

「頼んだ。ただ、無理はするなよ」

『は――』

足元の影から、シャーリの気配が消える。レオニス自身も、すぐに調査を始めたいところだが、まだ敵に気取《けど》られるような動きは控えたほうがいいだろう。

（……どこの何者かは知らぬが、叩《たた》き潰してくれる）

――と。

「……た、大変だったわ」

ようやく、少女達《たち》の囲みを抜けてきたリーセリアが、ふぅと息をついた。

「お疲れ様でしたね、お嬢様」

「……う、うん。けど、応援してくれるのは嬉《うれ》しいわ」

苦笑するレギーナに、ぐっと拳を握って答えるリーセリア。

「わたしも嬉しいです。セリアお嬢様の努力を、みんなが認めてくれたんですから」

レギーナは、リーセリアが〈聖剣〉を授かることができず、苦しんでいたときをずっと見てきた。彼女が陰で続けてきた、血の滲《にじ》むような努力を。

だから、こうして、リーセリアが他の養成校の生徒から認められるのを見るのは、感慨深いものがあるのだろう。

レオニスとしても、眷属《けんぞく》が認められるのは悪くない気分だ。

女子寮エリアの奥は、先ほどの中庭とはうってかわって、静謐《せいひつ》な雰囲気だった。

学生の姿はなく、しんとしている。

ここは、とくに成績のいい学生が入っている寮のようだ。

〈聖剣学院〉でも、〈フレースヴェルグ寮〉と〈ファーヴニル寮〉のように、寮のグレードの違いがあるが、似たようなものだろう。

磨き抜かれた大理石の回廊。壁には、立派な額に収められた絵画が展示されている。

穏やかな海の風景画は、世界が〈ヴォイド〉に侵略される前の景色だろうか。

(……まあ、俺の趣味ではないな)

〈デス・ホールド〉の回廊には、様々な魔物や不死者の絵画を飾っていた。

侵入者を発見すると、絵の中から飛び出して不届き者を襲《おそ》う優れものである。

と、道案内をする鳥の精霊は、どこかへ飛んでいってしまった。

「……?」

三人が絵画の前で足を止めていると。

ややあって、通路の向こうから、足音が聞こえてくる。

「——ご足労すまない。よく来てくれた」

「シャトレス姫殿下」

精霊を肩に乗せた、シャトレス・レイ・オルティリーゼだった。

◆

「……これは、どういうこと!?」

森を横断する、巨大な虚空《こくう》の裂け目を前にして、アルーレは唖然《あぜん》とした。

裂け目の向こう側にも、鬱蒼《うっそう》とした森が広がっていたのだ。

しかし、こちら側の〈精霊の森〉とは、まるで様相が違う。

あたりにはおぞましい瘴気《しょうき》が漂い、ねじくれた木々は、まるで生きているかのように、
不気味に脈打っている。

「たぶん、あたしの森避《よ》けの呪文も、効かないでしょうね」

「奴《やつ》らの匂いがする――」

咲耶《さくや》が鋭い眼差《まなざ》しで、森の奥を睨《にら》んだ。

その手には、すでに雷光のほとばしる刀を手にしている。

「行こう――」

「ちょ、ちょっと、待ちなさいって……」

躊躇《ちょうちょ》なく裂け目の中に入って行く咲耶を、アルーレはあわてて追う。

(……っ!?)

足を踏み入れた途端。激しい目眩《めまい》と吐き気に襲われた。

――〈ヴォイド〉の放つ、濃密な瘴気。

「けほっ、けほっ……風の加護、よ……!」

咳《せ》き込みつつも、なんとか呪文を唱え、結界を展開した。

「大丈夫かい？」

と、よろめくアルーレの手をとる咲耶《さくや》。

「あ、あんた、この瘴気《しょうき》の中で、よく平気ね……？」

「ボクは慣れているからね」

そっけなく呟《つぶや》いて、咲耶はあたりを見回した。

「ここが、〈ヴォイド〉の世界なのか……」

アルーレも、あらためて周囲を見回した。

血のような赤い空。不気味に蠢《うごめ》く樹木。そして——

「あれは、なんだ？」

と、咲耶が遠くを見て眉をひそめた。

視線の先を追う。と——

樹海の彼方《かなた》に、巨大な石造りのピラミッドの一部が見えた。

（……あれは!?）

アルーレはハッとして、青い目を見開く。

「……人工物？　〈ヴォイド〉が文明を？」

不可解そうに首を傾《かし》げる咲耶。

「——違う。あのピラミッドは、神殿よ！」

「神殿？」

訊《き》き返す咲耶に、アルーレは短く頷《うなず》いた。

「〈精霊王〉の神殿が、どうしてこっちの世界に……？」

◆

シャトレスに案内されたのは、陽光の射し込む広い部屋だった。

部屋の中央に、立派な作りのテーブルとソファが置かれている。

調度品はどれも趣味がよく、選び抜かれた上等なものであることがわかる。

「――本当は、門で出迎えたかったのだが、わたしと君が会っているのを見られると、結構な騒ぎになってしまうのでな。無礼を許して欲しい」

扉を開いて三人を迎え入れつつ、シャトレスは言った。

「とんでもありません」

恐縮して、パタパタと手を振るリーセリア。

たしかに、シャトレスの人気もかなり高いようだし、〈聖剣剣舞祭〉で戦った美少女二人のツーショットを目撃されたら、パニックになっていたかもしれない。

「ここは、シャトレス殿下のお部屋なんですか？」

「いや、普段は〈執行部〉の会議室として使っている」

三人が部屋に入ると、シャトレスは深く礼をした。

「あらためて、君達《たち》のお陰で助かった。感謝する」

「あ、頭をお上げください、シャトレス様！」

「〈聖剣士〉として、当然のことをしたまでです」

「――当然、か。たしかに、〈聖剣士〉たる者は、誰もがそうありたいと理想を抱いている。しかし、〈ヴォイド〉の群れに囲まれたあの状況で、わたしを見捨てても、誰も責めることはなかっただろう」

シャトレスは静かに首を横に振った。

「本来はわたしが守る立場でありながら、本当に忸怩《じくじ》たる思いだ」

と、悔しそうに唇を噛《か》む。

「シャトレス様……」

リーセリアが声をかけると、シャトレスは顔を上げ、

「〈聖剣剣舞祭〉は、あのような形になってしまったが、また機会があれば、君達と剣を交えたいものだな」

「は、はいっ、それはぜひ！」

「ええと、わたしは、ちょっと遠慮したいような……」

勢いよく頷《うなず》くリーセリアの後ろで、レギーナが冷や汗を垂らしつつ呟《つぶや》いた。

「まあ、かけてくれ」

「は、はい……」

勧められるまま、リーセリアはソファに腰掛けた。

レギーナはやや緊張気味に、レオニスは部屋の様子に注意を払いながら隣にすわる。

(……罠《わな》、はとくになさそうだな)

鳥の精霊がシャトレスの肩を飛び立ち、レギーナの手の上に乗った。

「えっと、シャトレス様、この子、どうしましょう？」

「君が気に入ったようだな。少し遊んでやってくれ」

「はあ……」

困惑した表情で、精霊の羽の付け根をもふもふするレギーナ。

「ふふ、わたしも触らせて」

リーセリアが頭を撫《な》でようとすると、精霊はふいっとそっぽを向く。

「ええっ、なんで～!?」

ちょっと涙目になるリーセリア。

(……可哀想だが、精霊は不死者《アンデッド》の気配を敏感に感じ取るからな)

「ところで――」

と、シャトレスが振り向いて、レオニスのほうを見た。

「その、君は、どうしてメイドの格好をしているんだ。趣味……なのか？」

言いにくそうに訊《き》いてくる。

「ええと、男のまま女子寮に入ったら、騒ぎになる……って」

「いや、それは大丈夫だと思うぞ。もちろん、男子学生が足を踏み入れることは許されないが、君はたしか、まだ十歳の子供だろう」

「え……」

「そもそも、男子禁制なら、招待の手紙にその旨を記すのが当然だろう」

「……レギーナさん？　どういうことですか？」

レオニスがじろっとレギーナを睨《にら》むと、

「ち、違いますよ、少年。決して少年を女の子にして遊びたかったわけでは……」

レギーナはあはは、と誤魔化すように視線を逸《そ》らした。

「……～っ、お、覚えておいてくださいね、レギーナさん」

「やだなー、少年、目が怖いですよー……」

「で、でも、本当に可愛《かわい》いわよ、レオ君」

「セリアさんも同罪ですっ！」

◆

シャトレスがテーブルの上に、戸棚から出したティーカップを並べる。

金色の縁が美しい、白磁のカップだ。

(……ほう、これはなかなかの逸品だな)

レオニスは興味深げにカップを眺める。

おそらく、まだ、地上に王国があった頃のアンティークなのだろう。

「レギーナ、お菓子を」

リーセリアが、精霊と遊んでいたレギーナの耳元で囁《ささや》く。

「あ、そうでした。あの、お菓子を持ってきましたので、よかったら」

レギーナが、トートバッグの中から紙箱を取りだし、テーブルにのせた。

「これはありがたい、いただこう」

シャトレスが礼を言いつつ、紙箱を開ける。

「む、これは、シュークリーム……!」

第三王女の翡翠《ひすい》色の瞳が、鋭く細められる。

「あの、〈聖剣剣舞祭〉の特集記事に、お好きだと書かれていたので」

「記者どもめ、そんなことまで勝手に……」

むっ、と苦々しげに呟《つぶや》くシャトレス。

「しかし、このシュークリームは店で見たことがないな。もしかして、君が？」

「わ、わたしの手作りです」

「ほう、お菓子作も作れるのか？」

「はい、それはメイドですので」

（……お菓子を食べるのが得意なメイドもいるがな）

と、胸中で呟くレオニスである。

「アルティリアも、お菓子作りが好きでな」

シャトレスがポットのお湯をティーカップにそそぐと、かぐわしい茶葉の匂いと、甘い桃の香りが、ほんのりと立ち上った。

「あ、はい、存じてますっ！」

「そ、そうか……？」

食い気味に口を開くレギーナに、シャトレスは少し困惑する様子をみせる。

「妹も、もう少しで来るはずなんだが……」

「へ？　アルティリア王女も？」

素の声になって驚くレギーナ。

「ああ、〈ハイペリオン〉で君達《たち》に助けられたことを、直接感謝したいそうだ。とくにレオニス・マグナス――君にな」

「僕はなにもしていませんが」

「ふむ、そうか？　だが、妹は君に助けられたと思っているようだが」

「……気のせいだと思いますが」

ウィッグの髪をくるくる巻いて、とぼけるレオニス。

（たしか、王女は気を失っていたはずだが……）

……もしかして、見られていたのだろうか？

「それにしても、少し遅いな――」

アルティリアはティーカップを持ち上げつつ、壁の柱時計を見上げた。

「あの、よければ、僕が様子を見てきます」

と、レオニスは立ち上がった。

……迷った振りをして、学院の中を調べるいい機会だ。

「いや、君は客人なのだから、ここでくつろいでいてくれ。わたしが行こう」

「いえ、その、お手洗いにも行きたいので……」

「……そ、そうか、気付かずにすまない」

シャトレスは赤面した。

「男子寮のエリアは、どっちでしょうか」

「ああ、中央の回廊を右に曲がれば、男子寮エリアだ。少し迷うかもしれないが」

「じゃあ、レオ君、わたしも途中までついていってあげるわね」

「セリアさん？」

リーセリアの顔を見上げると、なにやらアイコンタクトを取ってくる。

「……え？　お、お嬢様！」

あわてたのはレギーナだ。

頰《ほお》をひきつらせ、ティーカップを持ったまま口をぱくぱくさせる。

（……ちょっ、お嬢様っ、二人きりは気まずいです！）

（大丈夫、がんばって！）

と、片目をつむるリーセリア。

（セリアお嬢様の裏切り者――――――っ！）

第八章　姉妹

Demon's Sword Master of Excalibur School

「――どうしてついて来たんですか、セリアさん」

庭に面した回廊を歩きつつ、レオニスは尋ねた。

「レギーナを、シャトレス様と二人きりにさせてあげたかったの」

しれっと言って、リーセリアはくるっと振り向いた。

「もちろん、それだけじゃないわ――」

「……？」

「誤魔化してもだーめ。レオ君、ここでなにをしようとしているの？」

レオニスはぴたっと足を止め、

（……まったく、聡《さと》いな。さすが俺の眷属《けんぞく》だ）

胸中で苦笑する。……隠すことはできまい。

「この〈エリュシオン学院〉に、僕の敵が巣くっているようです」

「レオ君の敵？　ひょっとして、ドレスのことを知ってた――」

リーセリアは声をひそめた。

「それは、正直わかりません。その連中が、一体、何をしようとしているのかも。ただ、この学院は、すでに敵に掌握されている。それは、間違いありません」

レオニスはつま先立ちで背伸びして、リーセリアの耳元に顔を近付けた。

「セリアさんも、くれぐれも気を付けてください」

「……わかったわ。何かあったら、わたしがレオ君を守るから」

「お願いします。ではさっそく、頼みたいことがあるんですが」

「うんっ、任せて！」

嬉《うれ》しそうに、こくこく頷《うなず》くリーセリア。

「すみません。ちょっと、囮《おとり》になってください」

「……へ？」

途端、レオニスはスカートの裾をつまんで駆け出した。

「あ、ちょっと、レオ君⁉」

背後でリーセリアの呼ぶ声が聞こえるが、

「まあ、リーセリア様ですわ！」「あ、本当ですわ！」「わたくしもサインを！」

彼女はたちまち、集まってきた学院生に包囲されてしまった。

ちょっと可哀想だが、リーセリアに人目を引き付けてもらっていたほうが、レオニスとしては断然動きやすくなる。

（……あとで怒られるだろうが、それは甘んじて受け入れよう）

◆

「え、ええっと、遅いですね、お嬢様たち……」

「そうだな。迷うことはないと思うが」

レギーナが緊張しながら話しかけると、シャトレスはカップを静かに置いた。

「……」

……沈黙。普段はリーセリアやレオニスをからかって遊ぶレギーナだが、二つ年上の姉を前に、うまく言葉が出てこない。

（……～っ、お嬢様も少年も、早く戻って来てください～！）

心の中で助けを求めるが、先ほどからぜんぜん戻ってくる気配がない。

手持ち無沙汰に、妙に懐いてくる精霊を撫《な》でていると、

「このシュークリームは、とても美味《おい》しいな。苺《いちご》が入っているのか」

シュークリームを口にしたシャトレスが、ほう、と頰《ほお》に手をあてた。

「は、はい、苺は、セリアお嬢様の菜園でとれたものなんです。生クリームも奮発して、ちょっといいものを使ってます」

「そうか。もうひとつ、貰《もら》っても？」

「どうぞどうぞ。たくさん作ってきたので」

「では、いただこう」

シュークリームを両手でつかみ、上品に食べるシャトレス。

（……な、なんか、意外と可愛《かわい》いですね、この人）

対〈ヴォイド〉の最前線で戦う、学生〈最強〉の〈聖剣士〉。

世間で流布されている、〈銀血の天剣姫《シルバーブラッド・ソーディア》〉の印象とは、かなり違うようだ。

〈聖剣剣舞祭〉で敵として対峙《たいじ》したときは、とても怖かったのだが。

天使のようなアルティリアもそうだが、〈第〇四戦術都市《フォース・アサルト・ガーデン》〉と〈第〇五戦術都市《フィフス・アサルト・ガーデン》〉に赴任している、第一、第二王女が好戦的な性格だという話は聞かないので、オルティリーゼの姉妹の中でも、シャトレスは特異な存在なのだろう。

（強すぎる〈聖剣〉を授かってしまうと、それはそれで大変なのかもですね……）

と、そんなことを思っていると――

……ふと、気付く。

「……」

シャトレスの翡翠《ひすい》色の眼《め》が、レギーナの顔を鋭く見つめていた。

「……あ、あの、シャトレス様？」

もしや、意外と可愛い、などと思っていたことがバレたのだろうか。

レギーナが恐る恐る、声を発すると、

「レギーナ・メルセデス――」

シャトレスがソファから立ち上がり、固い表情で彼女の名前を呼んだ。

「は、はい……？」

レギーナも思わず立ち上がり、うわずった声で返事をする。

シャトレスは、レギーナの抱きかかえた鳥の精霊に目を落とした。

「その精霊の名は、〈ネヴァン〉という」

「……？　は、はい……」

レギーナはきょとんとして、首を傾《かし》げる。

シャトレスが手を伸ばすと、鳥の精霊は彼女の腕に飛び乗った。

「〈人造精霊《アーティフィシャル・エレメンタル》〉ではない。カーバンクルと同じ、王家の精霊だ」

「……っ!?」

ようやく、その意味を理解して、レギーナは眼を見開く。

「この子が懐くはずがないんだ。オルティリーゼ家の者以外には、な」

◆

「やあ、可愛《かわい》いメイドさん、こんなところでどうしたんだい？」

「ここは男子寮エリアだよ。迷い込んでしまったのかな？」

「……え、ええっと、その……」

メイド服姿のレオニスは、庭園の噴水の前でナンパされていた。

「よかったら、俺の部屋で休んでいきなよ。お茶でもどうかな？」

制服を着た貴族の男が、馴れ馴れしく肩に手をのせてくる。

（……っ、いい度胸だ。塵《ちり》になりたいようだな）

レオニスが怒りに肩を震わせ、絶対存在抹消呪文を唱えようとした、その時だ。

「そこの方々、何をしているのですか！」

鋭い少女の声が、中庭に響いた。

「……？」と、振り向くレオニス。

そこにいたのは――

「ア、アルティリア王女殿下!?」

レオニスをナンパしていた二人は、その場で直立不動になる。

声を発したのは、精霊〈カーバンクル〉を胸に抱いた、可憐《かれん》な少女だ。

「も、もしかして、彼女は王女殿下のメイドでしょうか？」

ナンパ男が恐る恐る尋ねると、アルティリアはレオニスを一瞥《いちべつ》して、

「そうです。わたしのメイドに、なにをしようとしていたのですか？」

キッと二人を睨《にら》む。

「そ、それは、その……し、失礼いたしましたっ！」

二人は逃げるように、学舎のほうへ立ち去った。

「えっと、あ、ありがとうございます」

困惑するレオニスに、

「どういたしまして、レオニス様」

と、アルティリアは微笑《ほほえ》みかける。

「……っ!?」

「メイドさんに姿を変えても、わたしの目は誤魔化せませんよ」

アルティリアはひと差し指を立てて言った。

「……バレてしまいましたか」

レオニスは観念して、肩をすくめた。

「でも、どうして、メイドの格好を？」

「まあ、いろいろありまして……」

「……はあ。でも、とてもお可愛いですよ」

「あまり、嬉《うれ》しくありませんね」

憮然《ぶぜん》とした顔で答えるレオニス。

「ところで、ここで、なにをしていらしたんですか？」

「それは……ええと、お茶会の部屋に戻ろうとしたら、迷ってしまって」

「ああ、不慣れだと結構迷いますよね。女子寮エリアはこっちです」

と、レオニスを案内しようとするアルティリア。

（……まいったな。これでは、探索ができん）

とはいえ、ここで姿を消すのは不自然だ。

しかたなしに、彼女についていくことにする。

「そういえば、王女様は、どうしてここに？」

「お姉様の部屋に行こうとしたら、また〈カーバンクル〉が逃げ出してしまって」

アルティリアの腕の中で、ウサギのような精霊が暴れている。

「〈カーバンクル〉だけじゃなくて、一昨日から、精霊たちの様子がおかしいんです。まるで、なにかに怯《おび》えているような……」

「精霊が、怯えている？」

気になって、レオニスは訊《き》き返した。

「もしかして、〈ヴォイド〉の襲撃があったときからでしょうか」

「ええ、そうだと思います。精霊が不安になるのも無理はありませんよね、空にあんな大きな裂け目が──」

アルティリアは足を止め、空を見上げた。

〈第〇八戦術都市《エイス・アサルト・ガーデン》〉上空に生まれた虚空《こくう》の裂け目は、ここからでもはっきりと見えた。

その時、〈カーバンクル〉がするりと彼女の腕から抜け出した。

「あ、また──」

アルティリアがあわてて追いかける。

──と、レオニスは異変に気付いた。

突然、樹木の影がどろりと不気味に蠢《うごめ》き──

背後から、アルティリアに襲《おそ》いかかったのだ。

「──アルティリアさん!?」

◆

──始原の精霊《ワイルド・エレメンタル》。

それは、太古より〈精霊の森〉に生まれ出ずるもの。魔導技術の産物である〈人造精霊《アーティフィシャル・エレメンタル》〉とは、まったく異なる存在だ。そして、精霊使いの血統であるオルティリーゼ家は、数少ない始原の精霊《ワイルド・エレメンタル》のマスターだった。

シャトレスの翡翠《ひすい》色の眼《め》が、まっすぐにレギーナを見つめている。

彼女を相手に、誤魔化すことはできそうにない。

「……いつから、お気付きに？」

「確信に変わったのは、〈ネヴァン〉がお前に懐いているのを見たときだ。ただ、君のことを調べているうちに、そうなのではないかと思っていたよ」

最悪の形で中断された〈聖剣剣舞祭〉の後、彼女は、自分の命を救った少女のことが妙に気になって、レギーナのことを調べたらしい。

メイドとしての出自が曖昧なところ以外は、さほど不自然なところはなかったが、妹が巻き込まれた〈ハイペリオン〉事件の際、〈聖剣学院〉第十八小隊の中で、唯一、乗船記録がないことが引っかかったという。

「〈ハイペリオン〉の事件では、アルティリアはテロリストに囚《とら》われ、船をコントロールすることはできない状況だった。かわりに、誰かが〈カーバンクル〉と同調して、〈ヴォイド〉の暗礁に侵入しないよう、船を制御していたはずなんだ」

「……」

乗船記録がないのは、エルフィーネのハッキングによって乗船したためだ。

あの時は、ただ妹の姿をひと目近くで見たくて。

……まさか、あんな事件に巻き込まれるなんて、思いもしなかった。

「もっと早く気付くべきだった。訓練場で、逃げた〈カーバンクル〉を捕まえたのも、今思えば、君が精霊使いの――」

「あ、あの、シャトレス様……」

思わず、レギーナは遮るように口を開いた。

「わたしの出自のことは、その……」

「――ああ、わかっている。もちろん、他言するつもりはない」

シャトレスは悔しそうに唇を噛《か》んだ。

「〈凶星〉の現れた日に生まれた子供を忌むのは、〈人類統合帝国〉以前から続く因習だ。皇帝といえど、簡単には変えることはできない。だが、いずれ――」

と、レギーナの耳元に顔を近付けて、声をひそめる。

「いずれわたしが皇帝の座を継いだ、その日には、帝国議会も賢人会議も関係ない。レギーナ、必ず君を迎え入れる――必ずだ」

「……っ!?」

シャトレスがレギーナの背に手をまわし、強く抱きしめた。

「……シャ、シャトレス様!?」

レギーナは眼を見開き、戸惑いつつも、姉の背中に手をまわした。

「あ、あの、わたし……」

感情の整理がうまくできない。妹であることを見抜かれたこともそうだが、ずっと遠い存在だと思っていた姉が、自分のことを気にかけてくれていたなんて。

「姉さ——」

——と、躊躇《ためら》いがちに口にしようとした、その時だった。

（……え⁉）

ずぶり——と、突然、足が床に沈み込んだ。

「な、なんだ⁉」

シャトレスが咄嗟《とっさ》にレギーナをかばい、鋭く叫んだ。

同時。足もとの影がのっそりと立ち上がり、不定形の姿をとる。

「これは、まさか、〈ヴォイド〉⁉」

「下がってください、〈聖剣〉——アクティベート！」

レギーナの手に、猟銃型の〈竜撃爪銃《ドラグ・ストライカー》〉が出現した。

即座に発砲。頭部を撃ち抜かれた影は、どろりと床に溶けて消えた。

「ここは危険です。外へ——」

「ああ！」

レギーナはドアのノブに手をかけた。

だが、開かない。隙間から染み出した影が、ドアを固定しているのだ。

「……そんな⁉」

「レギーナ！」

背後でシャトレスが叫んだ。

振り向くと。部屋の中の影が蠢《うごめ》き、無数の不定形の魔物へと姿を変える。

「……っ⁉」

影の魔物が、一斉に襲《おそ》いかかってきた。

◆

「きゃあああっ！」

アルティリアを呑《の》み込もうとする、蠢く樹木の影を――

「――炎焦波《フラニス》！」

ゴオオオオオオオッ！

レオニスの放った魔術の炎が、一瞬で焼き払った。

「大丈夫ですか？」

「は、はい……あの、これは一体……？」

レオニスが駆け寄ると、アルティリアは怯《おび》えた様子であたりを見回した。

と、中庭の影が蠢き、どろりとした不定形の魔物の姿に変化する。
（……っ、仕掛けて来たか。俺が探っていることに気付いたか？）
胸中で呟《つぶや》くと、レオニスは足もとの影から、〈封罪の魔杖《まじょう》〉を呼び出した。
「王女殿下、少し目を閉じていてください。怖がらせてしまうかもしれませんので」
「……え？　は、はいっ……！」
アルティリアは素直に、ぎゅっと目を閉じた。
十二歳の少女なら、パニックにもなりそうなものだが、意外なほど落ち着いている。
（……さすがに、王族は肝が据《す》わっているな）
感心しつつ、レオニスは呪文を唱えた。
「滅びの焔《ほのお》、我に刃向かう愚者どもを喰《く》らい尽くせ――！」
第五階梯《かいてい》魔術――〈竜王覇炎咆《ヴラズ・ヴエイラ・ハウル》〉。
魔杖より放たれた炎の竜が、縦横無尽に飛び回り、影の魔物を一気に消滅させる。
――と、中庭を囲む建物のあちこちで、複数の悲鳴が同時に上がった。
見上げると、建物の窓という窓から、どろりとした影が染み出している。
（……寮の学院生を無差別に襲っているのか？）
眉をひそめた、その時。
『――ま、魔王様っ、大変ですっ！』

シャーリの念話が頭の中に響いた。

『ああ、大変なのはわかっている。状況を報告しろ』

『は、はい！　この学院周辺に構築された〈影の領域〉より、無数の影の魔物が出現。学生たちを襲《おそ》って、次々と影の中に引きずり込んでいるようです」

『ふむ、敵の正体、目的に見当はつくか？』

『──申し訳ありません、現段階では不明です』

『……そうか』

と、レオニスはスカートの埃《ほこり》をはたきつつ、眉をひそめる。

（──確証はないが、このやり口には覚えがあるな）

……なんにせよ。魔王に戦いをしかけるような愚か者は、叩《たた》き潰すのみだ。

『シャーリ、我が眷属《けんぞく》のもとへ行け。この程度の魔物に遅れをとるとは思わんが』

『かしこまりましたっ！』

レオニスは、まだ目をつむっているアルティリアの手を取った。

「シャトレスさんの部屋に行きましょう。ついてきてください」

「は、はいっ……！」

◆

「……みんな、逃げて！」

リーセリアが周囲の学生たちに向かって叫んだ。

通路にひしめく、無数の影の群れ。

〈誓約の魔血剣《ブラッディ・ソード》〉の真紅の刃《やいば》が閃《ひらめ》き、影を滅多斬りにする。

「……っ、なんて数……〈ヴォイド〉なの？」

だが、〈ヴォイド〉が出現する際に生じる、空間の亀裂は発生していない。

だとすると、この化け物は一体なんなのか……？

（もしかして、これが、レオ君の警戒していた……？）

「きゃあああああっ！」「た、助けて、お姉様！」

と、すぐそばで悲鳴が聞こえた。

振り向くと、二人の少女が影に呑《の》み込まれようとしている。

「……っ、はあああああっ！」

鞭《むち》のようにしなる血の刃が、影の魔物を両断した。

「落ち着いて。戦える人は〈聖剣〉を——！」

「……は、はい！」

床に倒れて震える少女を助け起こす。

建物のそこかしこから、くぐもった悲鳴が聞こえてくる。

(わたしだけじゃ、助けられない……!)

リーセリアはくっと歯噛《はが》みした。

(レオ君は、大丈夫よね……?)

普段は過保護なリーセリアだが、同時に、レオニスの力は信頼している。

リーセリアが倒せるような敵に、やられてしまうことはないだろう。

心配なのはレギーナだ。シャトレスが一緒にいるが、彼女はいま戦えない。

足もとから、壁から、天井から、無限に湧き出てくる影を斬りまくって進む。

と――

ヒュンッ、ヒュンヒュンッ!

唸《うな》るような音がして、目の前の影が一気に消滅した。

「……え?」

「まったく。この程度、一人で切り抜けてもらわなくては困りますね」

どこからか、スッと音もなく降り立ったのは、鞭《むち》を手にしたメイドの少女だ。

「あっ、鬼教か――師匠!」

「師匠ではありません」

メイド少女はリーセリアを冷たく睨《にら》んだ。

「は、はいっ、あの、ありがとうございます！」

「お礼なんていいです。あなたを守れとのご命令ですので」

つーんとそっぽを向くメイド少女。

「ここはわたくしが引き受けます。さっさと行きなさい」

「わ、わかりました。ありがとうございます、師匠――」

「……～っ、師匠ではありません！」

◆

「……レギーナさん!?」

アルティリアを連れ、レオニスはお茶会をしていた部屋に戻った。

「――〈爆裂咒弾《ファルガ》〉！」

破壊魔術でドアをぶち破り、躊躇《ちょうちょ》なく部屋の中に足を踏み入れる。

――部屋は、もぬけの空だった。

テーブルには、まだ湯気の立ったティーカップが残されている。

（遅かったか――）

レギーナとシャトレスは、すでに〈影の領域〉に取り込まれたに違いない。

「あの、姉様は――」

アルティリアが、不安そうにレオニスの顔を見た。

「ほかの学院生と同じように、影の中に連れ去られたようですね」

「そんな……」

「大丈夫。必ず助けますよ」

安心させるように言いつつ、変装用のウィッグを脱ぎ捨てる。

「ここは危険です。王女殿下を安全な場所にお送りしましょう」

「え？」

「出でよ――〈吸魂鬼《ソウル・コレクター》〉！」

レオニスは影の中から、ローブ姿の半透明の魔物を召喚した。

「……レ、レオニス様、な、なんですかこれ⁉」

「僕の友人です。姿は少し恐ろしいですが、かなり強いですよ。必要に応じて姿を消すことが出来るので、目立つこともありません」

「……ご、ご友人？」

戸惑うアルティリアを無視して、レオニスは〈吸魂鬼《ソウル・コレクター》〉に命令を与える。

「王女殿下を王宮にお連れしろ。丁重に扱え」

「――御意」

「きゃあああっ！」

ローブ姿の魔物はアルティリアを抱きかかえると、部屋の外へ飛び上がった。

と、それと入れ違いになるように――

「レオ君！」

リーセリアが部屋の中へ駆け込んできた。

「……レギーナは？」

「レギーナさんは影の中に攫《さら》われました。たぶん、シャトレスも」

レオニスは首を横に振った。

「これから、二人を奪還しに行きます。セリアさんはどうしますか？」

「もちろん、行くわ」

リーセリアは即答した。

（……正直、あまり連れて行きたくないんだがな）

これから向かう〈影の領域〉は、完全な敵地だ。

罠《わな》も魔物も大量に用意されているに違いない。

しかし、ここでレオニスが何を言おうと、聞くような彼女ではあるまい。

そして、そんな彼女こそ――〈不死者の魔王〉の眷属《けんぞく》にふさわしい。

「では、僕の護衛をお願いします」

「うん、わかった。レオ君はわたしが守るから」

こくっと頷《うなず》くリーセリア。

と、影の中から、シャーリが姿を現した。

「ご報告があります、魔お——あ、主《あるじ》様っ！」

リーセリアがいることに気付いて、あわてて呼び名を変える。

「あ、師匠！」

『なにがあった？』

と、レオニスはリーセリアに聞こえぬよう、念話を使った。

『〈影の領域〉の中で、ブラッカス様の痕跡を見つけました。このような物が』

言って、シャーリが見せてきたのは、黒玉《ジェット》の指輪だった。

『これは、影の王家の指輪か。偶然、落としたとは考えられんな』

『はい、ブラッカス様のメッセージかと』

『だとすれば、意図は明白だな。この〈影の領域〉を生み出したのは、この指輪の以前の所持者。つまり——』

『〈影の女王〉——シェーラザッド・シャドウクイーン』

シャーリの口にしたその名に、レオニスは短く頷いた。

一〇〇〇年前、ブラッカスの叛乱《はんらん》によって滅ぼされた、〈影の王国《レルム・オヴ・シャドウ》〉の女王。レオニスを暗殺するため、〈七星〉の暗殺者であったシャーリを送り込んできた。

（……今度は奴《やつ》まで甦《よみがえ》ったということか）

……ある程度、予想していたことではあった。

大規模な〈影の領域〉を構築し、人間を一斉に攫《さら》うのは、〈女王〉のやり口だ。

『追跡はできるか？』

『はい、かなり派手に連れ去っているので、痕跡をたどることはできるかと』

「レオ君、どうしたの？」

なんとなく、仲間はずれ感をおぼえ、やきもきした様子で訊《き》いてくるリーセリア。

「あ、すみません。レギーナさんたちを追うことができそうです」

「お任せ下さい――」

シャーリが頭を下げる。

「では、行きましょう。〈影の領域〉へ」

レオニスはバッとメイド服を脱ぎ捨て、制服姿になった。

（――シェーラザッドめ。我が領地に手を出したこと、後悔させてやる）

第九章　影の魔城

Demon's Sword Master of Excalibur School

「……っ、う……」

暗闇の中で、レギーナは目を覚ました。

（……一体、なに……が……）

朦朧《もうろう》とする意識の中で、思い出す。

彼女はシャトレスと一緒に、蠢《うごめ》く影の中に呑《の》み込まれたのだった。

（……ここ、どこです？）

あたりを見回そうと、身体《からだ》を動かそうとすると、腕に鋭い痛みが走った。

両腕の手首が、影の鎖に縛られて拘束されているようだ。

「な、なんですかっ、これ……！」

激しく暴れてみるが、影の鎖は外れそうにない。

「なんか、制服もなくなってますし……」

自身の姿を見下ろすと、ほぼ半裸に近い姿だった。

「……っ、だったら、〈聖剣〉――アクティベート！」

〈猛竜砲火《ドラグ・ハウル》〉を顕現させようと、意識を集中する。

――が、その瞬間。

「……あっ、くっ……ああああああああっ！」

手首から全身に、電流のような激痛が走った。

虚空《こくう》に生まれた〈聖剣〉の粒子は、たちまち霧散してしまう。

(〈聖剣〉が、使えない……！)

〈聖剣〉を顕現させるには、かなりの集中を要する。〈ヴォイド〉を目の前にして、精神集中するための訓練は、〈聖剣学院〉で最初に学ぶものだ。

レギーナも、戦場で〈聖剣〉を顕現させる訓練は受けているが、さすがに、意識が飛びそうなほどの激痛を与えられては、どうしようもない。

〈聖剣〉が使えない。その事実を突き付けられて、不安が襲《おそ》ってくる。

〈聖剣士〉でない彼女は、ただの無力な少女だ。

(……っ、落ち着いて、まずは現状把握をしましょう――)

腕を縛り上げられたまま、深呼吸をした。

そもそも、自分たちを呑み込んだ、あの影はなんだったのか？

(……影の姿をした〈ヴォイド〉？)

そんな〈ヴォイド〉の存在は知らないが、未発見の〈ヴォイド〉に遭遇することなど、そう珍しいことではない。人間を攫《さら》う〈ヴォイド〉も、稀《まれ》にだが存在する。攫われた人間がどうなるのかは、想像したくもないけれど——

嫌な考えを振り払うように、レギーナはかぶりを振った。

「セリアお嬢様……」

◆

「——こちらです、次は天井へ跳んで下さい！」

シャーリが〈影の回廊〉を先導して飛び回る。

〈女王〉の生み出した〈影の回廊〉は、石造りの古城をイメージしているようだ。

かつて、レオニスとブラッカスが滅ぼした、〈影の王国《レルム・オヴ・シャドウ》〉の城。

〈影の領域〉においては、上下左右は容易に入れ替わる。あるときは壁の中に入り、またあるときは、天井に飛び込まなければ、正しい道順を進めない。

常人が飛び込めば、永久に影の中を彷徨《さまよ》うことになるだろう。

しかし、そんな入り組んだ迷路の中を、シャーリは迷わず進んでいる。

地上では、〈聖剣学院〉の学舎の中でさえ迷うほど方向音痴なシャーリだが、さすがに影人だけあって、影の中で迷うことはない。

なにか、影人にしかない、特殊な第六感のようなものがあるのだろう。

（……第十階梯《かいてい》の破壊魔術で、この城ごとぶち壊してしまいたいものだが）

レオニスは胸中で苛立《いらだ》たしげに呟《つぶや》く。

もちろん、そんなことをすれば、影が滅茶苦茶《めちゃくちゃ》になり、レギーナたちの囚《とら》われた場所へ続く道が閉ざされてしまうであろうことは、容易に想像できた。

「きゃあっ！」

壁を走るリーセリアが悲鳴を上げた。

ずぶり、と彼女の身体《からだ》が影の中に沈み込む。

「セリアさん！」

レオニスが咄嗟《とっさ》に、腕を掴《つか》んで引き上げた。

「気を付けてください。ここではぐれると、二度と出られませんよ」

「う、うん……」

カアッと顔を赤らめるリーセリア。

「どうしたんですか？」

「う、ううん、なんでもないわっ、早くレギーナを助けにいきましょう！」

「――お二人とも、止まってください」

と、前を走るシャーリが足を止めた。

彼女の睨《にら》む視線の先には、これまでとは違うものがあった。

石壁の通路を斜めにぶった切るように、虚空《こくう》の裂け目が広がっているのだ。

「まさか、〈ヴォイド〉の亀裂!?」

（……なるほど。そういうことか）

と、レオニスは胸中で呟く。

〈エリュシオン学院〉の〈影の領域〉が、短時間で構築された理由がわかった。

〈女王〉の本拠地があるのは、裂け目の向こうの〈ヴォイド〉の世界であり、〈聖剣剣舞祭〉の最中に発生した次元転移に乗じて、影を一気に侵攻させたのだろう。

「学生の方々は、この先に連れ去られたようですね」

「……行きましょう」

リーセリアが頷《うなず》いて、亀裂の中に迷わず足を踏み入れた。

◆

〈影の領域〉の無明の闇の中で、ブラッカスは目覚めた。

（……俺としたことが、不覚をとった）

唸《うな》り声を発して立ち上がるが、その場から動くことはできない。

体中を無数の影の鎖に繋《つな》がれているのだった。

影の鎖には、一本一本、〈女王〉による念入りな呪いがこめられており、ブラッカスの膂力《りよりよく》をもってしても、引き千切ることはできない。

(このざまでは、マグナス殿に面目がたたぬ……)

レオニスが異変に気付くのに、そう時間はかかるまい。

ブラッカスと配下の〈影の死霊〉が戻らないとなれば、すぐに、あの伏魔殿と化した〈エリュシオン学院〉を、自ら調査しようとするだろう。

──だが、これはシェーラザッドの罠《わな》だ。

シェーラザッドが、レオニスの存在に気付いているかどうかは不明だが、ブラッカスの背後に何者かがいるであろうことは、確信しているようだ。

あの女は、ブラッカスを囮《おとり》に、その何者かを呼び寄せようとしている。

(──いや、シェーラザッドは問題ではない)

子供になった今のレオニスの力は、本来の〈不死者の魔王《アンデッド・キング》〉の力には遠く及ばない。

しかし、それでも、〈女王〉程度は敵ではない。

(だが、奴《やつ》には切り札があるようだ──)

〈精霊王〉──エルミスティーガ・エレメンタル・ロード。

強大なる精霊の王であり、〈光の神々《ルミナス・パワーズ》〉の使徒にも匹敵する力を持つ。

〈精霊の森〉をめぐる戦いで、〈不死者の魔王〉の軍勢に敗れ去ったはずだが。

あの〈女王〉は、〈精霊王〉を〈ヴォイド〉として復活させようとしているようだ。
そのために、〈エリュシオン学院〉の〈聖剣士〉たちを贄《にえ》として集めている。
（……〈魔剣〉とやらを使うようだが――）
――なんにせよ、この情報をレオニスに伝えなくてはならない。
ブラッカスは咆哮《ほうこう》し、鎖を引き千切ろうと激しく暴れる。
「グ、ル……オオオオオオオオ！」
――と、その時。
彼以外は誰もいないはずの影の牢獄《ろうごく》に、音もなく人影が現れた。
「……っ!?」
闇の奥より現れたのは、白装束に身を包んだ、見覚えのある少女だった。
――否、違う。咲耶《さくや》・ジークリンデではなかった。
顔立ちは、双子と思えるほどによく似ているが、髪が長い。それに――
（これは、リーセリア・クリスタリアと同じ？）
この世の者ではない、不死者《アンデッド》の気配をブラッカスは感じ取った。
その少女はブラッカスのそばまで来ると、手にした刀を振り抜く。
リイイイイイイイン――！
澄んだ音をたてて、ブラッカスを縛《いまし》める影の鎖が弾《はじ》け飛んだ。

「……な、んだと？」

ブラッカスは金色の目を見開き、唸《うな》り声をあげる。

この少女は一体、何者なのか。なんの意図で、ブラッカスを解放したのか。

――だが、少女は何も答えない。

無言のまま白装束を翻《ひるがえ》し、闇の奥へ姿を消した。

◆

〈ヴォイド〉の裂け目の中に飛び込むと、レオニスは急激な目眩《めまい》に襲《おそ》われた。

裂け目を抜けて。目の前に現れたのは、赤い絨毯《じゆうたん》の敷かれた回廊だった。

「大丈夫ですか、セリアさん？」

「う、うん……平気。ありがと、レオ君」

ふらっと倒れかかるリーセリアを、レオニスが抱きとめる。

（……相当な距離を転移したようだな）

〈影の回廊〉は、影を使うことで現実世界の距離を短縮して移動できる。

〈エリュシオン学院〉を侵略した〈影の領域〉の本拠地は、〈帝都〉から相当離れた場所にあるのだろう。

シャーリが目を閉じ、石壁に手をあてた。

「こちらの〈影の領域〉は、森……の影のようですね。それも、かなり大きいです」

「〈帝都〉の付近にある森といえば、〈果てなき大森林〉ね」

と、リーセリアが言った。

（……〈果てなき大森林〉。俺の時代の〈精霊の森〉のことだな）

レオニスは頭の中で地図を変換する。〈精霊の森〉は、旧ログナス王国領の付近にある、精霊と亜人種族の住む森だったが、一〇〇〇年後のこの時代には更に拡大し、ログナス王国の遺跡を完全に呑《の》み込んでしまっている。

（……しかし、妙だな）

この〈影の領域〉は、〈ヴォイド〉の裂け目の向こう側の世界にあるはずだ。

（〈ヴォイド〉の世界側にも、偶然、森が広がっていた、ということなのか——？）

シャーリが壁から手を離し、ゆっくり目を開けた。

「影の痕跡が、途中で途切れています」

「どういうこと？」

「連れ去られた方々は、影の中ではなく、表の世界のどこかにいるということです」

「……じゃあ、森の中にいるの？」

「おそらく、そうでしょう」

シャーリは頷《うなず》くと、石壁の中にずぶずぶと沈み込んだ。

「こちらです。偽装がしてありますので、気を付けて――」

「え、ええ……」

シャーリとリーセリアに続き、レオニスが石壁の中に入ろうとした、その時――

不意に、ずぶり、と足元の地面が沈み込んだ。

（ふん、ようやく、来たか――）

あまりに予想通りの動きに、レオニスは苦笑する。

小賢《こざか》しくも、分断の機会を窺《うかが》っていたのだろう。

影の沼より抜け出すことはたやすいが、あえて呑《の》み込まれることにする。

レギーナたちの救出は、リーセリアとシャーリに任せるとしよう。

◆

「きゃあああああああっ！」

壁を抜けた途端、自由落下。

突然、身体《からだ》が浮遊感に包まれ、リーセリアは悲鳴を上げた。

「落ち着いてください。このように壁を走るのです」

シャーリがスカートをつまみ、壁を垂直に走り降りる。

「ええっ、どうやってるの!?」

「メイドの嗜《たしな》みです」

壁を走りきったシャーリは、優雅に地面に降り立った。

いっぽう、まともに落下したリーセリアは、地面に激突して派手に転がった。

不死者《アンデッド》の身体でなければ、ただでは済まなかっただろう。

「痛たたた……」

足首をさすりつつ、リーセリアは起き上がる。

ふと、あたりを見回して——

「……あれ、レオ君は？」

「どうやら、はぐれたようですね——」

「ええっ、た、大変じゃない!?　そうだ、通信端末を——」

「無駄ですよ。〈影の領域〉で、そんな魔導機器は使えません」

あわてて端末を取り出すリーセリアに、シャーリは呆《あき》れた目を向ける。

「ど、どうしてそんなに落ち着いてるの？」

「——我が主《あるじ》を信頼しているからです」

と、シャーリは冷静に答えた。

「臣下としては当然心配すべきなのでしょうが、今回に限っては大丈夫です。この罠《わな》をしかけてきている者は、正直、あの御方《おかた》の敵ではありません」

「……そ、そうなの？」

「はい、ですから、わたくしはご命令通り、仕事をこなすだけです――」

瞬間。シャーリはスカートの下から短剣を取り出し、リーセリア目がけて投げ放つ。

「……っ!?」

短剣はリーセリアの首をギリギリ躱《かわ》し、背後の壁に突き立った。
グ、ルオオオオオオオオオッ――！
壁から染み出した、影の魔物が絶命する。

「どうやら、お出迎えしてくださるようですよ」

シャーリの両手に、六本の短剣が出現した。

「聖剣〈誓約の魔血剣《ブラッディ・ソード》〉――アクティベート！」

リーセリアも即座に〈聖剣〉を顕現させ、〈真祖のドレス〉を身に纏《まと》う。

獣の姿をした影の魔物が、石壁の隙間から続々と這《は》い出して、二人を取り囲んだ。

「この程度の雑魚《ざこ》、わたくし一人で片付けるのは容易《たやす》いのですが――」

と、背中合わせに立ったシャーリが声をかけてくる。

「わたくし、ゆえあって、今は本気を出すことができません」

「下手に本気を出してしまうと、わたくしの中にいる、さる御方《おかた》が目覚めて、また面倒なことになってしまいますので」

「どういうこと？」

「はあ……」

「――そんなわけで。少しは頼りにしていますよ、リーセリア・クリスタリア」

そっけなく呟《つぶや》くと、シャーリはドーナツをぱくっとくわえる。

「は、はいっ、わかりました、師匠！」

リーセリアは嬉《うれ》しそうに頷《うなず》くと、〈誓約の魔血剣《ブラッディ・ソード》〉を構えた。

◆

しばらく、泥のような影の中を沈み続けて――

抜けた先に降り立ったのは、巨大な広間だった。

揺れる燭台《しょくだい》の炎が、石の床を不気味に照らしだしている。

「――ほほほ、妾《わらわ》の城へようこそ、〈不死者の魔王《アンデッド・キング》〉」

響きわたる粘着質な声に、レオニスはゆっくりと顔を上げた。

暗闇の奥。広間の最奥の玉座に、どろりとわだかまる影の塊があった。

「――ほう、これはまた、ずいぶんと美しい姿になったではないか、〈女王〉よ」

〈封罪の魔杖《まじょう》〉を手にしたレオニスは、皮肉げに嗤《わら》った。

シェーラザッド・シャドウ・クイーン――〈影の王国《レルム・オヴ・シャドウ》〉の女王。

その強大な力によって、数百年もの間、王国を支配していたが、〈不死者の魔王〉と同盟を結んだブラッカス・シャドウプリンスの叛乱《はんらん》により、その玉座を追われた。

蝶《ちょう》のように美しかった女王の姿は、いまや見る影もない。あるいは、玉座に蠢《うごめ》く、この醜い化け物の姿こそが、彼女の本性であるのかもしれないが。

「油断したのう、〈不死者の魔王〉よ。これほど簡単に罠《わな》にかかるとは。用意しておった無数の罠が無駄になってしまったわ」

「それは悪かった。面倒だったのでな――」

「……ふん、減らず口を」

「ひとつ問おう、女王よ――」

レオニスは〈封罪の魔杖〉をカツン、と床に打ち付けて、問いかける。

「なぜ、俺の正体が〈不死者の魔王〉だと？」

「あの憎たらしい黒狼《こくろう》と〈七星〉の裏切り者を配下にしているのは、貴様しかおるまい。〈六英雄〉に魂まで滅ぼされたと聞いたが、しぶとく蘇《よみがえ》ったか」

「――そうか。あの二人は、とくにお前と因縁深いからな」

レオニスは肩をすくめた。

「ほほほ、余裕じゃのう。貴様の命は、妾《わらわ》の手中にあるというのに」

「ほう、どういうことだ？」

「これは愉快、まだ気付いておらぬのか。一〇〇〇年の間に、そこまで衰えたか、〈不死者の魔王〉よ。この玉座の間は、妾の〈影の領域〉の中でも、最も深き場所。妾の魔力は増大し、貴様の魔力は——そうだな、五分の一程度になっているのではないかえ？」

「……っ、なんだと⁉」

レオニスは目を見開く。

「後悔しても遅いわ。妾から簒奪《さんだつ》した〈影の王国〉、返して貰《もら》うぞえ」

玉座に座る不定形の影の塊が、魔力の光を放った。

刹那。周囲に無数の影の杭《くい》が生まれ、レオニスを滅多刺しにする。

「ほほほ、脆《もろ》い、脆いぞ、〈不死者の魔王《アンデッド・キング》〉！　もっと妾を楽しませ——」

ピキッ……

と、金属のひび割れるような音がした。

「……な、に？」

ピキッ、ピキピキピキッ……！

「……なんてな。力の差を理解していないのは貴様の方だ、シェーラザッド」

リイイイイイイイインッ！

レオニスを串刺しにしたはずの杭は、魔力の壁に阻まれ、あっけなく砕け散った。

「……っ、ば、馬鹿なっ！　妾の影の結界で、貴様の力は減衰しているはず――」

「ん？　ああ、それは間違いないぞ、女王よ」

じり、と玉座ににじり寄りながら、レオニスは嘲笑する。

たしかに、この広間に入った途端、自身の魔力が大きく弱まったのを感じた。

四分の一か、五分の一程度には、減衰しているだろう。

「で、それがどうした？」

「……っ、ハ……ハッタリが得意になったのお、マグナスううっ！」

今度は、先ほどの十倍以上の杭が虚空《こくう》に生まれ、レオニスめがけて射出された。

「まったく、物覚えの悪い奴《やつ》だ――第五階梯《かいてい》魔術〈影門渦《ゾーア・レギス》〉」

レオニスはすっと魔杖《まじょう》を構え、影の〈門〉を呼び出した。

無数の影の杭は、あっというまに〈門〉の中に吸い込まれてしまう。

「なかなかよい影が手に入った。加工して〈魔王軍〉の武器としよう」

「ば、馬鹿なっ……わ、妾の最強魔術が……そんな、そんな……」

「今のが最強魔術だったのか。それは悪かったな……ん？」

「こ、殺せっ、その化け物を殺せえええええっ！」

突如、背後に、複数の気配が生まれた。

メイドの衣装に身を包んだ、〈七星〉の暗殺者が六人、同時に襲《おそ》ってくる。

(――ふん、影の中に潜ませていたか)

レオニスが、全身から〈絶死のオーラ〉を発しようとした、瞬間。

オオオオオオオオオッ――――!

足元から飛び出してきた影が、咆哮《ほうこう》を放った。

不意を打たれた暗殺者達《たち》は、まとめて弾《はじ》き飛ばされる。

「――遅くなってすまぬ、マグナス殿」

と、巨大な黒狼《こくろう》はぐるると唸《うな》った。

「ふっ、油断したようだな、ブラッカスよ。お前らしくもない」

「面目もない――」

「き、貴様、ブラッカスっ! なぜだ、呪詛《じゅそ》の鎖に繋《つな》いだはず――!」

玉座でわめき散らす、影の女王。

レオニスは魔杖《まじょう》を地面に打ち付け、暗殺者たちを一瞬で〈影の王国《レルム・オヴ・シャドウ》〉に呑《の》み込んだ。

(……あえて殺すこともあるまい)

自身の甘さに苦笑しつつ、レオニスは胸中で呟《つぶや》く。

〈不死者の魔王〉は寛大ではあるが、ここまで甘くはなかったはずだ。この人間の肉体に影響されているのか、あるいは、お人好《ひとよ》しな眷属《けんぞく》の少女の影響か――

「さて、これだけか？　お前のもてなしは？」

レオニスが魔杖を向けると、わだかまる影は玉座からどろりと滑り落ちた。

「あ……ああ、あ……嘘《うそ》よ……嘘、これは悪夢よおおおおおおっ！」

石床の隙間に、吸い込まれるように逃げてゆく。

「……っ、お、おい、待て！」

ここにきて、レオニスは初めてあわてた。

まさか、女王たる者が、ここまで小物だとは予想外だったのだ。

咄嗟《とっさ》に、玉座めがけて炎の魔術を放つが、影の一部を残して逃げられてしまった。

「玉座の下に、逃走用の〈影の回廊〉を用意していたようだな。我々に追放されてからはますます用心深くなったようだ」

「面倒な……」

〈影の領域〉の中を延々逃げ回られては、さすがに捕らえるのは困難だ。

（……レギーナたちの無事を確認したら、あたり一帯まとめて吹き飛ばしてしまうか）

と、そんな物騒なことを考えていると――

「まずいな、レオニス殿――」

ブラッカスが喉の奥で唸った。

「ああ、たしかに面倒だ」

「そうではない。シェーラザッドは、〈精霊王〉を復活させるつもりだ」

「……なんだと？」

◆

「はあああああっ――〈血華螺旋剣舞《けつからせんけんぶ》〉！」

リーセリアの血の刃《やいば》が、影の魔物を斬り裂いて進む。

闇に翻《ひるがえ》る純白のドレスは、魔力を帯びて煌々《こうこう》と回廊を照らし出した。

包囲を突破するには、単騎突撃能力の高い〈暴虐の真紅《スカーレット・タイラント》〉の形態が向いているが、次から次へと、怒濤《どとう》のようにわき続ける敵に対処するには、継戦能力の高い〈銀麗の天魔《クイーン・ミネルヴァ》〉のほうが適している。

輝く白銀の髪を振り乱し、血の刃と共に、華麗に舞い踊る剣姫になる。

そのすぐ背後を走る暗殺メイドは、討ち洩らした魔物を的確に狩っていた。

「――師匠、これ、どこまで続くの⁉」

眼前の魔物を二体、同時に斬り伏せながら、リーセリアは叫ぶ。

「もうすぐです。それと、師匠ではありません――シャーリです」

「あっ、名前、教えてくれるの!?」

リーセリアが嬉《うれ》しそうに言った。

「べつに、あなたを認めたわけではありません。師匠と呼ばれたくないからです」

影の魔物をまとめて串刺しにしつつ、シャーリはつんとそっぽを向いた。

「じゃあ、わたしのこともセリアって……きゃあっ！」

突然、シャーリがリーセリアの首を掴《つか》んで跳躍した。

「ここです。〈影の領域〉を抜けますよ――」

二人は勢いよく、天井に跳び込んだ。

……――天地がひっくり返るような、酩酊《めいてい》感。

リーセリアが目を開けると、そこは不気味な森の中だった。

「……ここは？」

あたりを見回す。噎《む》せ返るような瘴気《しょうき》が漂っている。

頭上にひろがる空は、血のように赤い。

「〈ヴォイド〉の世界の森でしょう」

と、シャーリが、掴んでいたリーセリアの首を離す。

「レギーナはどこ？」

「影の痕跡はここで消えています。付近にいるはずですが――」

「ね、ねえ、あれは何？」

と、気付いて、リーセリアはシャーリの背後を指差した。

視線の先にあるのは、森の中に鎮座する、巨大な石のピラミッドだ。

「……さて、なんでしょう？」

シャーリが首を傾《かし》げた、その時。

森の中から、なにかの接近してくる気配がした。

「……っ!?」

リーセリアは咄嗟《とっさ》に〈聖剣〉を構え――

「危険よ、もっとあたりを調べてから――」

「虎穴に入らずんば虎児を得ずだよ、ボクの故郷の諺《ことわざ》で――」

「……さ、咲耶《さくや》!?」

聞き覚えのある声に、リーセリアは思わず声を上げた。

「あれは、エルフの勇者!? なんでこんなところに――」

シャーリも驚きの声を上げ、リーセリアの影の中に姿を消してしまう。

「ど、どうしたの？」

「しーっ、エルフの勇者に見つかるとまずいのです！」

「……勇者？」

──と。

森の茂みをかきわけて、二人の少女が現れた。

「……ん、先輩、なんでこんなところに？」

「それ、こっちの質問！」

森の中から出てきた咲耶に、リーセリアは困惑の表情を向けた。

◆

「──〈精霊王〉だと？」

シェーラザッドを追って走るブラッカスの背の上で、レオニスは尋ねた。

「そうだ。奴《やつ》は、この地に眠る〈精霊王〉を復活させようとしている」

ブラッカスは、〈女王〉の語った計画を話した。

攫《さら》った〈エリュシオン学院〉の〈聖剣士〉達《たち》から〈魔剣〉の力を集め、〈精霊王〉を〈ヴォイド・ロード〉として甦《よみがえ》らせる、と──

「〈エルミスティーガ〉は、俺が完全に滅ぼしたはずだが──」

「ここは、滅びた者たちが甦る世界だろう」

「たしかに、な──」

〈大賢者〉アラキール・デグラジオス。〈聖女〉ティアレス・リザレクティア。〈竜王〉ヴェイラ・ドラゴン・ロード。〈異界の魔神〉アズラ＝イル――

……そして、レオニス自身も、転生という形でこの世界に甦《よみがえ》った。

〈精霊王〉が復活したところで、不思議はあるまい。

（……そういえば、アルティリアが、精霊たちの様子がおかしいと言っていたな）

あれは、精霊たちがエルミスティーガの胎動を感知していた、ということなのか――

（奴《やつ》め、〈精霊王〉を復活させて、一体なにを――）

ゴゴゴゴゴゴゴゴゴゴゴ……！

〈影の領域〉が激しく震動し、石壁にひびが入った。

「……なんだ!?」

「まずい、〈影の領域〉が崩れるぞ！」

ブラッカスは跳躍し、壁の中に跳び込んだ。

◆

「――ええい、忌々《いまいま》しい、忌々しい、〈不死者の魔王《アンデッド・キング》〉があああああっ！」

玉座を追われたシェーラザッドは、〈影の回廊〉からずるりと這《は》い出した。

ここは〈精霊王〉の神殿の地下にある秘密の空間だ。

通路は繋《つな》がっておらず、通常の方法では、誰も入ってくることができない。

「〈使徒《アポストル》〉の計画など、どうでもいいわ。あの簒奪者《さんだつしゃ》どもをひねり潰してくれる」

部屋の奥には、漆黒のクリスタルが鎮座していた。

〈女神〉――ロゼリア・イシュタリスを祀《まつ》る祭殿。

砕け散った〈女神〉の欠片《かけら》だ。

神殿を起動すれば、溢《あふ》れ出した虚無の力が〈精霊王〉に仮初《かりそ》めの命を与える。

「せっかく集めた〈魔剣〉が無駄になるのは、口惜しいが……」

〈精霊王〉が完全な復活を遂げるには、〈魔剣〉の贄《にえ》が足りていない。そのために、〈エリュシオン学院〉の〈聖剣〉を蒐集《しゅうしゅう》したというのに、せっかくの苦労が水の泡だ。

「それもすべて、あの狼《おおかみ》めと〈不死者の魔王〉のせいよおおおおっ！」

憎悪の叫びを上げ、女王はクリスタルに魔力を注ぎ込んだ。

「いにしえの〈精霊王〉エルミスティーガよ、奴等を殺せえええええええっ！」

◆

「〈聖剣〉……アクティ……ベートッ！」

全身に、焼け付くような痛みが走った。

幾度も繰り返す激痛に耐え、ようやく、レギーナは〈聖剣〉を顕現させた。

〈竜撃爪銃《ドラグ・ストライカー》〉の銃口が火を噴き、影の縛《いまし》めを切断する。

「はあっ、はあっ……くっ……」

レギーナはその場に倒れ込み、喘《あえ》ぐようにうめいた。

「……っ、へばってる場合じゃ、ないです……ね……」

猟銃型の〈聖剣〉を手に、ふらつく足取りで立ち上がる。

あたりを見回して通信端末を探すが、見あたらない。学院の制服もなかった。

（……そもそも、ここはどこなんですかね？）

〈竜撃爪銃〉の尖端《せんたん》に、暗所射撃用の照明を灯《とも》し、周囲を照らし出した。

――と、気付く。広大な空間の中、幾人もの人影が、影の鎖に囚《とら》われていた。

制服は着ていないが、おそらく〈エリュシオン学院〉の学院生に違いない。

「……っ、だ、大丈夫ですか!?」

レギーナは声をかけるが、返事はない。みな意識を失っているようだった。

〈聖剣〉の照明を手に、さらに歩く。

――と、レギーナの囚われていた場所の近くに、シャトレスの姿を発見した。

「シャトレス様……！」

鎖を撃ち抜き、くずおれた彼女の身体《からだ》を咄嗟《とっさ》に抱きかかえた。

「シャトレス様……ご無事ですか、シャトレス様！」

肩を掴《つか》んで必死に呼びかけると、シャトレスはゆっくりと目を開けた。

「……っ、レギーナ……か……」

「……よかった」

ひとまず、レギーナはほっと胸を撫《な》でおろした。

「ここは、どこだ……？」

「わかりません。あの影に連れ去られて、気付いたらこの場所に」

レギーナは首を横に振った。

「他の学院生も、ここに囚われているみたいです。助けないと――」

「……そう、か……くっ……」

シャトレスは顔をしかめつつ、立ち上がった。

「あの、影の鎖を断ち切ればいいんだな？」

「はい、そうみたいです」

「聖剣〈神滅の破剣《ラグナ・シャード》〉――アクティベート！」

シャトレスは自身の手に〈聖剣〉を顕現させた。

「……〈聖剣〉、使って大丈夫なんですか」

「ああ、鎖を断ち切る程度、問題ない」

ヴンッ――！

シャトレスが〈神滅の破剣《ラグナ・シャード》〉を振り抜いた。分裂した無数の刃《やいば》の破片が、広間を縦横無尽に飛び回り、影の鎖を次々と断ち切った。

ドサドサッ、と床に落下する、囚《とら》われの学生達《たち》。

「……あの、ちょっと乱暴では？」

「緊急事態だ。しかたあるまい」

シャトレスが肩をすくめた、その時。

ゴゴゴゴゴゴゴゴ……！

空間が震動した。足元が激しく揺れ、石の破片がパラパラと落ちてくる。

「な、なんです⁉」

「……ここは危険だな。崩れるかもしれん」

「早く、みんなを連れて脱出しないと……」

レギーナは照明であたりを照らし出した。

しかし、不思議なことに、この空間に出入り口は存在しないようだ。

「だったら、〈聖剣〉形態換装《モード・シフト》――〈第四號竜滅重砲《ドラゴン・スレイヤー》〉！」

レギーナの〈聖剣〉が、大型の火砲に変化する。

「ブチ空けるしかないですねっ！」

ドオオオオオオオオオオンッ！

激しい閃光《せんこう》と轟音《ごうおん》。石の壁が吹き飛び、大穴が開く。

外の光が暗闇の中に射し込んで、学院生達の姿を照らし出した。

「ふう、これで外に出られます」

「……あまり無茶《むちゃ》をするな。とにかく、みんなを外に連れ出そう」

「そうですね、急がないと――」

レギーナは明るくなった空間を見回した。

影の鎖から解き放たれても、意識を取り戻していない者がほとんどだ。かろうじて、目を覚ました者も、状況がよくわからずに戸惑っている。

「全員を連れ出すには、時間がかかりそうですね……」

――その時。

「こっちよ、爆発の音が聞こえたわ！」

崩れた石壁の外から、聞き慣れた声が聞こえて来た。

「……え？　セ、セリアお嬢様!?」

声を上げるのとほぼ同時。

レギーナの敬愛してやまない少女が、躊躇《ちょうちょ》なく跳び込んできた。

「レギーナ、そこにいるの？」

「はい、こっちです、お嬢様！」

ツインテールの髪を揺らし、レギーナがぴょんぴょん跳ねる。

「――レギーナ！　無事でよかった……！」

レギーナの姿を発見したリーセリアは、走ってきて彼女をぎゅっと抱きしめた。

「セリアお嬢様も、ご無事で――って、どうしてここへ？」

「あの影の中に跳び込んで、追ってきたの。レオ君も一緒だったんだけど……」

「はあ……って、咲耶《さくや》!?」

と、レギーナは、リーセリアの後ろにいる、咲耶とエルフの少女に気が付いた。

「えっと、どうして咲耶まで？」

「さっき偶然、セリア先輩と運命的な出会いをしたんだ」

「話はあとよ。ほかの学院生達《たち》は、みんな無事？」

「そ、そうですね。みんな衰弱しているようですけど、一応、無事かと――」

「わかったわ。とにかく、みんなを起こして、ここを脱出しましょう」

「ああ、賛成だ――」

シャトレスが頷《うなず》いた、その時だった。

ゴゴゴゴゴゴゴゴゴゴ……！

再び、今度は立っていられないほどの激しい震動が襲《おそ》ってきた。

「きゃあっ、な、なんです——!」

「あれは——!?」

リーセリアが崩れた壁のほうを振り返り、眼《め》を見開いた。

「……森が、動いてる!?」

◆

——血のように赤い、空の下。

大地が盛り上がり、〈ヴォイド〉の瘴気《しょうき》に覆われた森が、ゆっくりと蠢《うごめ》きだした。
■■■■■■■■■■■■ッッッ——!
大地が、その巨大な口腔《こうこう》を開け、生あるものすべてを呪う、虚無の咆哮《ほうこう》を放つ。

エルミスティーガ・エレメンタル・ロード。

それは、一〇〇〇年前の太古の世に〈精霊王〉と呼ばれた存在。不浄にして邪悪なる〈不死者の魔王〉と幾度も戦火を交え、最後は〈精霊の森〉と同化した。

〈精霊王〉の神殿、台形のピラミッドの頂上で——

「……シェーラザッド、あの痴《し》れ者めが」

ブラッカスの背にまたがったレオニスは、怒りをこめて呟《つぶや》いた。

「俺の認めた数少ない敵を、よくも穢《けが》してくれたな……！」

巨大な陸亀にも似た、〈精霊王〉の岩肌が崩れ落ち、大地が腐敗する。

踏みしめた森から、真っ黒な瘴気《しょうき》が立ち上った。

なぜ、〈精霊王〉が、この虚無の世界で甦《よみがえ》ったのか。

そして、その神殿が、なぜここにあるのか。

様々な疑問が浮かぶが、いまはそれを考えている余裕はない。

「〈精霊王〉エルミスティーガよ。貴様に恨みはないが――」

と、レオニスはピラミッドの裾野に視線を向けた。

リーセリア達《たち》が、囚《とら》われた〈エリュシオン学院〉の学生たちを避難させている。

「俺の臣民は、守らねばならん――行くぞ！」

「応っ――！」

レオニスの声に応え、ブラッカスがピラミッドの斜面を駆け下りた。

壁を蹴って跳躍し、瘴気に満ちた森の中に跳び込む。

影の黒狼《こくろう》は、不気味な森の中を放たれた矢のように突き進んだ。

黒狼の背にしがみつき、レオニスは魔術を詠唱する。

「〈重力系統〉第八階梯《かいてい》魔術――〈極大重破《ヴィラ・ズオ》〉！」

ズオオオオオオオオオオオオンッ！

ドラゴンをも一撃で圧壊させる重力場が、生ける大地を呑《の》み込んだ。

破砕したエルミスティーガの岩片が、腐り落ちるように森に降りそそぐ。

無論、これでかの〈精霊王〉を倒せるなどとは思わない。

リーセリアたちのいる神殿から、注意を逸《そ》らすための攻撃だ。
■■■■■■■■■ツツツツ――！
エルミスティーガが怒りの咆哮《ほうこう》を上げ、鰐《わに》のような顎門《あぎと》を開いた。

真紅の輝きが生まれ、灼熱《しゃくねつ》の熱閃《ねっせん》がレオニスめがけて放たれる。

「……っ、〈精霊王〉が、森を焼くのかっ――！」

レオニスは〈封罪の魔杖《まじょう》〉を掲げ、魔力の障壁を展開した。

弾《はじ》かれた熱閃が、四方八方に散って火柱を上げる。

燃え盛る炎の中を、ブラッカスはかまわず突っ切った。

レオニスは、〈封罪の魔杖〉の柄に手をかけた。

〈女神〉に授かった、最強の〈魔剣〉――〈ダーインスレイヴ〉。

相手は〈魔王〉ではない。そして、背後に〈王国〉の民と眷属《けんぞく》を守っている以上、抜くことはできる。だが――

（……この〈魔剣〉を抜くからには、一撃で葬らねばな）

エルミスティーガと幾度となく戦ったレオニスは、知っている。この生ける大地を雑に吹き飛ばしたところで、すぐに再生してしまうだろう。

〈精霊王〉の中心となる核を、確実に打ち砕かなくてはならない。

「至近距離でしとめる。飛び込むぞ、ブラッカス！」

「心得た！」

ブラッカスは、蠢《うごめ》く大地に――〈精霊王〉の巨大な脚部に飛び乗った。

◆

「あ、あれは一体なに……!?」

巨大な大地が暴走し、森を焼き尽くしている。

そのあまりに非現実的な光景に、リーセリアは愕然《がくぜん》として呟《つぶや》いた。

「あれは、偉大なる精霊の王――だったものよ」

エルフの少女、アルーレが言った。

「精霊の王？」

「ええ。遥《はる》か太古、この神殿に祀《まつ》られていた存在。今は違うものになってしまった」

「――〈ヴォイド・ロード〉だね。あれが、裂け目を破って侵入してきたら、〈帝都〉はボクの故郷と同じになるよ」
咲耶《さくや》の言葉に、全員が顔を見合わせ、立ち尽くした。
……誰も、あれを倒そう、などとは口にしない。
最強の〈聖剣〉を持つシャトレスも、〈ヴォイド〉に憎悪を抱く咲耶でさえ、だ。
あれは、人間が立ち向かえる次元の存在ではない。
この場の誰もが、本能でそれを理解していた。
「一刻も早く〈帝都〉に知らせて、避難させないと――」
と、ようやく口にしたリーセリアは、ふと気付いた。
鳴動する〈ヴォイド・ロード〉の上に、豆粒のような影があった。
それは、〈吸血鬼の女王《ヴァインパイア・クイーン》〉の視力でなければ見えないほどの、小さな影。
（……レオ君!?）
そう、レオニスだ。黒い獣にまたがり、蠢く大地の上を駆け回る。
（レオ君、どうして!?）
……いや、どうしてもこうしてもない。
彼は、ここにいるリーセリア達《たち》を守るため、注意を引いているのだ。
彼ならば、倒せるだろうか。あの〈ヴォイド・ロード〉を。
（……レオ君、あの剣を使おうとしているのね）

リーセリアは知っている、あの十歳の少年の本当の強さを。

〈第〇七戦術都市《セヴンス・アサルト・ガーデン》〉を襲《おそ》った〈ヴォイド・ロード〉を斬り裂き、〈第〇三戦術都市《サード・アサルト・ガーデン》〉に現れた〈ヴォイド・ロード〉を消し飛ばした、あの〈剣〉——

(でも、あの剣は——)

自在に使えるものではないらしい、ということは、なんとなくだがわかる。

あれほど強い彼が、あの〈剣〉を使う時は、リーセリアの護衛を必要としたのだ。

(……そう、あの〈剣〉を使うには、時間が必要なんだわ)

しかし、ここから見る限り、凄《すさ》まじい猛攻をしのぎきるので精一杯のようだ。

(わたしたちで、少しでも時間稼ぎできる……?)

レギーナの最強火力、〈超弩級竜雷砲《ドラグ・ブラスト》〉なら、注意を引けるだろうか——?

「あ……!」

——と、そのレギーナのほうを見て、リーセリアは思い出した。

エルフの少女が、あれを精霊の王と呼んだことを。

「ねえ、あれは——精霊なのよね?」

と、アルーレに尋ねる。

「……? ええ、そうよ」

「だ、だったら、精霊使いの力で、鎮《しず》めることはできない?」

「ええっ!?　あ、あれをですか？」

レギーナが眼《め》を見開く。

「む、無理ですよ！　たとえ精霊だったとしても、あんなの――」

「あなた、精霊使いの血統なの？」

と、アルーレが怪訝《けげん》そうに尋ねた。

「え、ええっと、い、一応……」

「精霊使いの血は、とっくに途絶えたと思ってたけど。そう、だったら、試してみる価値はあるかもしれないわ。この〈精霊王〉の〈神殿〉を使えば――」

「……ほ、本当ですか？」

「なにもしないよりはマシって程度よ。だけど、運が良ければ、みんなが逃げる時間くらいは稼げるかもね。わたしも、エルフの魔法で援護するわ」

「――レギーナ、行くぞ」

と、シャトレスがレギーナの手を掴《つか》んだ。

「……シャトレス様？」

「ふたりで、あの荒ぶる精霊を鎮める。アルティリアには及ばないが、わたしも精霊使いの血を引く王家の人間だ。少しは力になれるだろう」

シャトレスの翡翠《ひすい》色の瞳が、レギーナをまっすぐに見つめた。

「で、でも、わたし、王家の人間じゃないですし、わたしなんかじゃ……」

「レギーナ。わたしの見立てでは、お前の潜在的な精霊使いの力は、アルティリアさえ超えるはずだ。でなければ、〈カーバンクル〉と同調し、見よう見まねで〈ハイペリオン〉を動かせるはずがない――」

シャトレスはきゅっと唇を嚙《か》みしめた。

「頼む、レギーナ。わたしは、エリュシオンの皆を守りたい」

「――わかりました」

レギーナは静かに頷《うなず》いた。

「――やりましょう、姉さん」

◆

ズオンッ、ズオンッ、ズオオオオオオオオオオンッ――！

強力な破壊魔術を連発しつつ、ブラッカスを駆るレオニス。

その手は、魔杖《まじよう》の柄にかかったままだ。

まだ、抜くわけにはいかない。

〈魔剣〉を抜く以上は、一撃で核を破壊しなければならない。

噎《む》せ返るような虚無の瘴気《しょうき》が、肺腑《はいふ》の奥を焼いている。
（……っ、これは、まずいな……）
いかに強大な魔力を誇ろうと、今のレオニスの肉体は十歳の人間の少年のものなのだ。
「第八階梯魔術《かいていまじゅつ》――〈極大消滅火球《アルグ・ベルゼルガ》〉！」
ズオオオオオオオオオオオンッ！
凄《すさ》まじい火柱が上がる――が、吹き飛んだ大地は、すぐに再生してしまう。
「マグナス殿、一時撤退だ。このままでは、貴殿の肉体が――」
「くっ、しかたあるまい……！」
ブラッカスの進言を聞き入れようとした、その時。
ズ――ズ、ズズ、ズウウウウウウウウウウンッ！
不意に、〈精霊王〉の動きが止まった。
（……なんだ？）
レオニスはハッとして、背後に視線を送る。
――と、遙《はる》か遠く。精霊王の神殿の頂上で、二人の少女が祈りを捧げていた。
レギーナとシャトレス。オルティリーゼの姉妹だ。
二人の跪《ひざまず》く周囲には、エルフの魔法陣が光り輝いている。
（まさか、エルミスティーガを、鎮《しず》めようとしているのか……？）

しかし、〈精霊王〉が動きを止めたのは一時のこと。
ふたたび、地響きのような咆哮《ほうこう》を上げて起きあがろうとする。
■■■■■■■■■ッ――！
――だが、レオニスには、その一瞬で十分だった。
レオニスはブラッカスの背中から、地面に降り立った。
獰猛《どうもう》な笑みを浮かべ――魔剣を抜き放つ。
汝は、天より授けられし、世界を救済する剣《汝は、天に叛逆するために生み出されし、世界を滅ぼす剣》。
神々に祝福されし、聖なる剣《女神に祝福されし、魔なる剣》。
その銘は――魔剣〈ダーインスレイヴ〉！
振り抜いた〈ダーインスレイヴ〉の刃《やいば》が、〈精霊王〉の核を両断する。
ズオオオオオオオオオオオオオオオオオオオオオオオンッ――！
閃光《せんこう》が溢《あふ》れ、視界が真っ白に染まった。
空中で、レオニスは〈魔剣〉の柄を離した。
（今度は、安らかに眠れ。〈精霊王〉エルミスティーガよ――）
崩壊する、巨大な〈ヴォイド・ロード〉の姿を見上げつつ、地面に落下する。
その視界に広がるのは、血のように赤い、異世界の空だ。
目を閉じる直前――

彼女の声が聞こえたような気がした。

『――ああ、やっと。約束を果たしに来てくれたんだね、レオニス』

――と。

あとがき

　お待たせしました。志瑞《しみず》です。『聖剣学院の魔剣使い』９巻をお届けします！

〈聖剣剣舞祭〉の裏で蠢《うごめ》く〈虚無転界《ヴォイド・シフト》〉の陰謀。〈ヴォイド〉の世界が侵蝕《しんしょく》を始める中、帰還した魔王に〈影の王国《レルム・オヴ・シャドウ》〉が忍び寄る。新たな友（？）を手に入れたレオニスは、邪悪な謀《はかりごと》を打ち砕くべく、美少女メイドに変身して——！

　……と、いうわけで、なんだか盛り沢山な９巻でした。世界の謎、〈女神〉の秘密なども明かされ、これからどんどん盛り上がっていくので、お楽しみに！

　謝辞です。今回も素敵なイラストを描いてくださった、遠坂《とおさか》あさぎ先生。本当にありがとうございました。表紙の王女様なレギーナも、ピンナップのメイドさんレギーナも素敵すぎました。コミカライズの蛍幻飛鳥《けいげんあすか》先生、毎月ハイクオリティな漫画を描いてくださってありがとうございます。そして、一番の感謝は、応援してくださっている読者の皆様に。お陰様で、聖剣学院はここまで来ることができました。アニメの製作も順調に進んでいますので、ぜひぜひ楽しみにしていてください。それでは、また次の巻で！

二〇二二年一月　志瑞祐《ゆう》

角川コミックス・エース
聖剣学院の魔剣使い
Demon's Sword Master of Excalibur School
月刊少年エースで大好評連載中!
コミック1〜4巻
絶賛発売中!
原作｜志瑞 祐
漫画｜蛍幻飛鳥
キャラクター原案｜遠坂あさぎ
TVアニメ化企画進行中!!!

MF文庫J

聖剣学院の魔剣使い 9

2022 年 2 月 25 日　初版発行

著者　志瑞祐

発行者　青柳昌行

発行　株式会社 KADOKAWA
〒 102-8177 東京都千代田区富士見 2-13-3
0570-002-301（ナビダイヤル）

印刷　株式会社広済堂ネクスト

製本　株式会社広済堂ネクスト

Printed in Japan　ISBN 978-4-04-681186-8 C0193

◇◇◇